磨铁经典第七辑·爱欲与忧愁

我们一旦有机会强烈地爱过,
就将毕生追寻那种热烈和光明。

茶花女

[法] 亚历山大·小仲马 _著

马由冰 _译

La Dame aux camélias

浙江人民出版社

图书在版编目（CIP）数据

茶花女/（法）亚历山大·小仲马著；马由冰译. —杭州：浙江人民出版社，2024.7
ISBN 978-7-213-11406-9

Ⅰ.①茶… Ⅱ.①亚… ②马… Ⅲ.①《茶花女》 Ⅳ.①I565.44

中国国家版本馆CIP数据核字（2024）第058791号

茶花女
CHAHUA NÜ

[法]亚历山大·小仲马 著　马由冰 译

出版发行	浙江人民出版社（杭州市环城北路177号　邮编 310006）
责任编辑	卓挺亚
责任校对	姚建国
封面设计	艾　藤
电脑制版	冉冉工作室
印　　刷	河北鹏润印刷有限公司
开　　本	787毫米×1092毫米　1/32
印　　张	8
字　　数	173千字
版　　次	2024年7月第1版
印　　次	2024年7月第1次印刷
书　　号	ISBN 978-7-213-11406-9
定　　价	45.00元

如发现印装质量问题，影响阅读，请与市场部联系调换。
质量投诉电话：010-82069336

目 录

第一章 _001

第二章 _008

第三章 _015

第四章 _023

第五章 _032

第六章 _041

第七章 _050

第八章 _062

第九章 _071

第十章 _082

第十一章 _094

第十二章 _106

第十三章 _115

第十四章 _126

第十五章 _137

第十六章_145

第十七章_155

第十八章_163

第十九章_172

第二十章_179

第二十一章_186

第二十二章_195

第二十三章_204

第二十四章_214

第二十五章_227

第二十六章_235

第二十七章_250

第一章

我认为只有在深入研究过人之后,才谈得上创造人物,就好比你要讲一门语言,首先应该认真学习它。

由于我尚未长到足以凭空创造的年纪,所以我暂时只满足于充当讲述者的角色。

因此,我要请读者相信:这是一个真实的故事,其中的人物除女主人公之外都还活在世上。

此外,有关我汇编于此的大部分材料,如果我的证言还不足以令人信服的话,在巴黎能找到相应的证人为我做证。机缘巧合,这个故事只能由我来写,因为我是它最后的细节的唯一知情人,而缺少了这些细节,就无法将这件事鲜活而完整地记录下来。

好吧,就让我来讲讲我是怎么接触到这些细节的。1847年3月12日,我在拉菲特街看到一幅巨大的黄底告示,上面说有一批家具和大量珍奇文玩即将公开拍卖。物主在拍卖之前已经去世,告示并未提及逝者的名讳,但写明拍卖将于16日正午至下午五点在安坦街九号进行。

此外，告示上还说：有意者可在 13 日或 14 日先行至公寓预览拍品。

我一向爱好珍玩，哪里肯放过这个机会，就算不买，看看也是好的。

次日，我便去了安坦街九号。

我来得很早，可公寓已经迎来了不少访客，其中甚至还有女宾。尽管她们穿的是天鹅绒衣服，披的是开司米披肩[1]，门口还有漂亮的马车在等着，她们依然用震惊甚至艳羡的眼光注视着这些豪华陈设。

不久我便知道了这份震惊和艳羡的源头，在四下打量一番之后，不难看出，屋主生前是一位被人包养的情妇。假使有一样东西是上流社会的名媛所渴望一睹为快的——正如在场的诸位贵妇——那定是这种女人的香闺：自己每天的行头被这些金丝雀艳压一头不说，她们居然也能像自己一样在巴黎歌剧院和意大利歌剧院[2]拥有固定包厢，而且彼此的包厢还紧挨着；她们就这样在巴黎恣意地卖弄姿色、炫耀珠宝，吹嘘自己的风流韵事。

这间公寓的主人已经去世了，现在即使是最贞洁的女士也可以径直踏入她的卧室。死亡已经净化了这个淫窝奢靡的空气。再说了，如果有必要，她们大可以推说自己事先对物主的身份并不知情，只是读了告示后想实地走一趟，先行挑拣一番，这再稀松平常不过了。但这借口并不妨碍她们在这堆珍玩中追寻妓女旧

---

[1] 天鹅绒和开司米这两种面料在当时都价格不菲，女宾的社会地位可见一斑。——译者注（以下若无特殊说明，均为译者注。）
[2] 巴黎歌剧院和意大利歌剧院是当时巴黎的著名歌剧院，在那里拥有固定包厢是身份的象征。

日生活的踪迹，毕竟她们大概早就从别处听到了有关此间的风言风语。

遗憾的是，逸事已随佳人一同逝去，尽管乘兴而来，但这些贵妇除了称羡于屋主死后出售的遗物，并不能如愿窥见她生前出卖自己的细节。

不过，东西还是值得一买的。家具中不乏上品：出自布勒[1]之手的家具、玫瑰木造的家具、塞夫勒[2]和中国出产的花瓶、萨克森[3]产的小雕像、绸缎、天鹅绒和花边，应有尽有。

我跟着那些先于我到来的好奇心旺盛的贵妇在公寓里转悠。她们进了一间挂着波斯门帘的房间，我刚要跟着进去，她们又立即笑着退了出来，仿佛对这一次的探险感到害臊。这反而使我更迫切地想进去一探究竟，原来这是一间化妆室，连最角落的地方都不乏装饰，死者生前的穷奢极欲似乎在这里达到了顶峰。

靠墙放着一张三尺宽、六尺长的大桌子，桌上摆满了奥科克和奥迪奥[4]的珍品，它们闪闪发光，蔚为壮观。这上千件小玩意儿悉数由金银打造而成，对我们所拜访的公寓主人来说，它们都是打扮自己所必需的。然而这些物件只可能是一点点攒出来的，也绝非单单一个情人的力量所能办到。

我倒不会对一位情妇的化妆室感到恶心，开始饶有兴趣地玩

---

1 布勒：即安德烈 - 夏尔·布勒（André -Charles Boulle，1642—1732），法国路易十四时期优秀的家具大师和镶嵌艺术家。
2 塞夫勒：法国城市，是著名的瓷器工业中心。
3 萨克森：德国地名，是瓷器工业中心。
4 路易·奥科克：19世纪巴黎著名的金匠和珠宝商，其影响了后来的新艺术运动。奥迪奥为创立于1690年的著名金店，延续至今。

赏每一处细节，然后发现这些雕刻精美的用具上都刻有不同人名的首字母和纹章图样。

我注视着这些物件，每一样都象征着这位可怜姑娘的一次卖春。我心中暗忖：上帝对她还算仁慈，让她逃过了通常的惩罚，未及衰老就带着美貌和财富死去。毕竟衰老对妓女来说，就意味着第一次死亡。

是啊，还有什么比目睹放荡之人——尤其是女人——的晚年生活更令人伤心的？这种晚年毫无尊严可言，也不会有人同情。这种终身的悔恨并非由于遗憾自己走错了路，而是恼火当年疏于算计，花错了钱，这是人所能听闻的最悲惨的事。我曾认识一位上了年纪的妓女，过去的生活只给她留下了一个——据同辈人说——堪比她盛年美貌的女儿。可怜的女儿从未从母亲的口中听到过哪怕一次"你是我的女儿"，只是收到这样的命令：像她母亲以前抚养她那样为母亲养老。这个小可怜叫路易丝，她遵照母亲的指示，在毫无意愿、爱欲和快感的情况下开始委身于人，就像是别人要求她去做什么营生，她就照做一样。

这种胡天胡地的生活开始得这么早，持续得这么久，再加上长期抱病的身体，将上帝原本可能赋予她，却无人栽培的是非分辨能力给掐灭了。

我永远记着这位年轻姑娘，她几乎每天都会在同一时间经过街道。她的母亲始终不离左右，那勤勉的架势就像是一位真正的母亲在守护她的亲生女儿。我当时年纪尚轻，正准备拥抱那个时代的轻浮世风。然而我还记得，这种丑恶的监视行为在我心中激起了轻蔑和反感。

一个处女的脸上永远不会有这样一种天真无邪的情感和忧郁痛苦的神情。

她的脸就像"委屈女郎"[1]一样。

有一天，这个姑娘的脸上突然有了光彩。这个本来深陷其母一手操纵的皮肉营生的罪人，似乎蒙主垂怜，得了一项福祉。她天生被造得软弱无力，又饱经生活之苦，上帝怎么会不给她以安慰呢？这一天，她发现自己怀孕了，心中残留的圣洁感使她高兴得浑身发颤。灵魂有了不可思议的寄托。路易丝急忙跑到母亲那儿向她报告这个令自己欣喜若狂的喜讯。说来惭愧，我讲述的是真人真事，绝非在此说人闲话并从中取乐，如果认为不应该时常揭开这些受难者的伤疤，那我还是索性闭嘴为好。人们谴责她们，却不听她们为自己辩护；鄙视她们，却不公正地审视她们。人们应该为此感到羞愧。孰知母亲对女儿表示：她们的钱供两人花用尚嫌吃紧，更别说供三人开销了；要孩子根本没有意义，况且怀孕不过是浪费时间。

第二天，一个产婆——我们姑且认为她是母亲的一个朋友——前来探望路易丝。她在床上待了几天后就可以下床了，但脸色比之前更苍白，身体也更虚弱。

三个月后，有个男人可怜她，想要医治她身体上和心灵上的创伤。可惜上回的打击实在太大，路易丝终究还是因流产的后遗症而溘然长逝。

那个母亲似乎还活着，她过得怎么样？天晓得。

---

1 委屈女郎：巴黎圣厄斯塔什教堂里一座神情哀怨的妇女头部雕像。

在我端详那些银制针线盒的时候，这段往事又浮现在我的脑海之中。看起来回忆颇费了一些时间，当我回过神来时，公寓里就只剩下我和一个门房，他正从门口紧盯着我，生怕我顺走什么东西。

我走向这个正直的人，他已被我搅得忐忑不安。

"您好，先生。"我问他，"您能告诉我曾经住在这里的房客的姓名吗？"

"玛格丽特小姐。"

我知道这个名字，也曾见过这位小姐。

"怎么，"我对门房说，"玛格丽特·戈蒂埃小姐死了？"

"是的，先生。"

"什么时候的事？"

"得有三个星期了吧。"

"为什么把公寓开放给人参观呢？"

"债主认为这样做能把价钱抬上去，有意者可以提前来看看衣服和家具，您懂的，好刺激人的购买欲。"

"这么说，她生前还欠着钱？"

"那可不！您有所不知，她欠了一屁股债。"

"这次拍卖所得的款项应该足够还清债务吧？"

"还能多下来钱呢。"

"那些钱归谁呢？"

"给她家里人。"

"她还有家？"

"好像是有的。"

"谢谢您,先生。"

看守确认了我的来意后放下了戒备,向我行礼。然后我离开了公寓。

可怜的姑娘!在回家的路上,我心里想,她死的时候一定处境凄凉,因为在她那个圈子里,人只有在光景好的时候才有所谓的"朋友"。我情不自禁地对玛格丽特·戈蒂埃的悲惨命运产生了同情。

可能有些人觉得这种感情很可笑,但我对欢场中的女性一直是极为宽容的,我甚至不愿与人就这种同情展开争论。

有一天,在去警察局领护照的路上,我看到在附近的街道上有两个宪兵正要带走一位姑娘。我不知道她究竟犯了什么事,我只知道她正抱着一个数月大的婴儿痛哭失声。姑娘被捕后,骨肉就将分离。自打那天起,我就再也不随便地去轻蔑一个女人了。

第二章

拍卖定在 16 日进行。

在开放公寓和正式拍卖之间隔了一天,好让地毯商有时间拆卸窗帘和壁画等装饰。

那时候,我刚旅行归来。一个回到逸事之都的人,不太会从友人口中得知玛格丽特的死,对于他们来说,这并不是一件值得优先告诉归客的要闻。玛格丽特虽然长得很漂亮,但像她这种女人,生前的精致生活有多出风头,死的时候就有多落寞,就像是天空中的某些星辰,升起和落下时都悄无声息。如果她们年纪轻轻就去世,她们的情人都会同时得知消息,因为在巴黎,几乎每个花魁的情人彼此间都交情颇深。他们会共同回忆几件有关她的往事,然后继续自己的生活,连一滴眼泪都不会为她而流。

今时今日,人一旦长到二十五岁,眼泪就变得非常珍贵,不会轻易交付于人。最多念在双亲为自己花了钱的分儿上,有一掬"感恩"之泪。

至于我,尽管我的姓名首字母并没有出现在任何一样玛格丽特的物件上,但我刚刚所坦承的那种本能的宽容和天生的怜悯,让我对她的死久久无法忘怀，也许她并不值得我这样怀念。

我记得自己经常在香榭丽舍大街遇见玛格丽特。她乘一辆由两匹枣红骏马拉着的蓝色小四轮马车，每天必定到香街报到。当时我就注意到她和她的同类人有很大的区别，这种区别由于她超凡脱俗的美貌而更加突出了。

通常，这些不幸的女人在外出的时候，总是会由个什么人陪着。

由于没有一个男人愿意公开与她们的隐秘情事，难以忍受这份孤独的她们就会带上女伴同行。这些女伴要么不如她们走运，没有自己的马车；要么年老色衰，已经吸引不了他人。如果人们想要挖掘她们所伴游的马车主人的任何闺中秘事，那尽可以放心大胆地去问她们。

玛格丽特却是个例外。她从来都是独自一人坐马车到香榭丽舍大街，尽量不引人注意，冬天裹一件开司米披肩，夏天穿一条十分素雅的裙子。她在这条最爱的散步路线上常会遇见认识的人，偶尔也会对他们报以微笑，但这种微笑是一种只有对方能察觉到的，属于一个公爵夫人的微笑。

她并不像其他同行惯常做的那样，从圆形广场逛到香街入口，而是习惯由两匹马拉着马车，快速地抵达布洛涅森林[1]，下车后漫步一个小时，然后重新登车，飞快地驶回自己的宅子。

我曾数次亲眼见证了这一场景，如今它又浮现在我眼前，我为这位姑娘的死感到惋惜，就像为一件精美的艺术品的毁灭感到

1　布洛涅森林：位于巴黎近郊，是时人游乐的好去处。

惋惜一样。

确实，在这世间不可能找到比玛格丽特更美丽的人了。

尽管她个子太高，体形也纤瘦过了头，但她深谙穿衣之道，能够通过简单的搭配来掩盖造化的疏漏。她披的开司米披肩的四个角都触到了地面，从两边露出丝质裙子的宽大镶边，放于胸口用来藏手的厚手笼四周的褶裥做得那么精妙。再挑剔的人都挑不出她身材上的毛病。

她的头生得极富风情，浑然天成。小巧玲珑的脑袋，像缪塞[1]说的那样，她的母亲似乎是有意把它造成这样，好叫自己在布置五官的时候加十二分小心。

在极尽完美的鹅蛋脸上，先点上一双黑色的眸子，接着在眼睛上方描出两道月牙形的眉毛，纯净如画；为眼睛添上长长的眼睫毛，每当它们垂下，粉色的脸颊便笼罩了一道阴影；再往下勾出一个俏皮而秀挺的鼻子，鼻孔微微张大，流露出对情欲生活的热切渴求；画一个端正的嘴巴，双唇优雅地翕动，其间透出的牙齿有如牛奶一般雪白；最后为皮肤上色，质感宛若未经人手的蜜桃般滑腻。如此您就得窥玛格丽特动人的容颜了。

一头秀发有如黑玉般乌黑，也不知那卷儿是否出自天然，它在额前分成两路，一直梳到脑后，露出的耳垂上闪耀着两只各价值四五千法郎的耳环。

玛格丽特过的那种恣意声色的生活，是怎么在她脸上留下处女般的神态，甚至是稚气未脱的表征的？人们观察到了这一点，

---

[1] 缪塞：即阿尔弗莱·德·缪塞（Alfred de Musset, 1810—1857），法国诗人、小说家、剧作家，代表作有小说《一个世纪儿的忏悔》和组诗《四夜》等。

却百思不得其解。

维达尔[1]曾为玛格丽特画过一幅堪称杰作的肖像,也只有他的画笔能够再现她的美貌。在她死后,这幅画曾在我手上待过几天,这幅画是那么惟妙惟肖,以至于我凡有什么淡忘了的地方,就用它来补足。

在这一章讲述的细节中,有一些是我后来才知道的,但我准备先把它们写下来,省得之后开始讲述这位姑娘的逸事时还得折回来。

玛格丽特从不缺席任何一场首演,她在晚上不是观摩演出就是去参加舞会。每当有新戏上演,人们准能在现场看到她以及她从不离身的三件东西:望远镜、一袋糖和一束茶花,它们总是出现在她底层包厢的前护栏上。

一个月里有二十五天玛格丽特带的是白茶花,在余下的五天里则带红茶花,人们始终无从得知这种色彩变化背后的原因,无论是她常去的剧院的常客还是她的朋友,都和我一样观察到了这一现象,但无法做出解释。

人们从未看到玛格丽特携带过茶花以外的花。在她常去的花商巴尔戎夫人处,有人便因此称呼她为"茶花女",这个外号还真叫开了。

除此之外,我还知道,像其他生活在巴黎某个圈子里的人一样,玛格丽特曾是最优雅的青年的情妇,她对这些经历从不讳言,那些小伙子也颇以此自矜,就是说男女双方对彼此都很

---

[1] 维达尔(Vidal,1811—1887):法国知名的肖像画家。

满意。

然而，自从一次巴涅尔[1]之旅归来之后，大约有三年的时间，玛格丽特只和一个上了年纪的外国公爵生活在一起，后者非常有钱，曾竭力把玛格丽特从旧日的生活中拽出来，而且她看上去似乎也准备听之任之了。

关于这件事，我从别人那里听来的版本是这样的：

1842年春天，玛格丽特的身体变得极为虚弱，气色越来越差，医生便让她去温泉疗养，于是她就动身到巴涅尔去了。

正巧上文提到的公爵的女儿也是疗养地的病人之一，她不仅与玛格丽特患的是同一种病，容貌还极其相似，把她们错认成两姐妹也不奇怪。只有一点不同：公爵千金的肺病已发展到了第三阶段，玛格丽特到那儿后才几天工夫，公爵千金就香消玉殒了。

公爵在女儿死后仍然留在巴涅尔，就像那些在埋葬至爱亲朋之地久久不愿离去的人一样。一天早上，他在一条小路的转角遇见了玛格丽特。

他以为见到了女儿的身影重现人间，迎上前去抓住玛格丽特的手，将她拥入怀中，老泪纵横。公爵甚至顾不上问明玛格丽特的身份，便恳求她允许自己去看她，并将她视为女儿的替身去爱她。

玛格丽特只带了一个侍女随行，对自己的名声好坏也毫不在乎，应允了公爵的请求。

在巴涅尔也有人认识玛格丽特，他们专程拜访公爵，将戈蒂

---

1 巴涅尔：法国著名温泉疗养地。

埃小姐的社会地位据实相告。这对老人是一个沉重的打击，因为自此玛格丽特和自己女儿就谈不上有什么相似之处了，但为时已晚。这位年轻女士已经成了他的心灵支柱，成了他活下去的唯一理由，或者说借口。

公爵从未对玛格丽特说过一句责备的话，他也没有那样做的资格，但他向她提出：希望她能够改变生活方式，为此他可以提供一切她想要的作为补偿。她同意了。

必须说明的是，在这段时期，生性热情的玛格丽特正在病中。在她看来，过去的那种生活似乎是招致病魔的主要原因之一。出于某种迷信的想法，她天真地希望自己的迷途知返能让上帝回心转意，把美貌和健康留给她。

事实上，到夏天行将结束的时候，温泉浴、散步、自然的疲劳和睡眠几乎让她恢复了健康。

公爵陪着玛格丽特回到了巴黎，之后他依然像在巴涅尔那样去探望她。

由于无人知晓个中原委，他们的这层关系引起了不小的震动。公爵曾以其巨额财产而闻名，如今又成了挥金如土的代名词。

人们将两人的亲密关系归因于上了年纪的富翁常有的贪淫好色的毛病。说什么的都有，就是没人猜到真相。

然而这位义父对玛格丽特的感情的源头是如此纯洁，以至于一切除精神层面以外的交流对他来说都与乱伦无异，他从未对她说过一句不宜对亲生女儿说的话。

我并不想将主人公描写成一个与她天性相悖的人。必须承认，在巴涅尔疗养期间，玛格丽特应允公爵的事并不难做到，她也确实信守了诺言；但一回到巴黎，玛格丽特便陷入了孤独，穷极无聊的生活只有在公爵定期来访时才会泛起些许波澜。这位姑娘业已习惯于放荡不羁的生活、灯红酒绿的舞会，甚至通宵达旦的筵席，对她来说，这种苦修生活实在难挨。对旧日生活的热切怀念同时袭上了她的脑海和心房。

此外，本次旅途归来后，玛格丽特出落得比以往任何时候都更美艳动人，加上她正值二十岁的妙龄，以及明面上有所好转，实际上并未痊愈的沉疴，无不让她产生了更强烈的欲望。这种欲望往往是肺病在作怪。

对于这样一个连累公爵名声的年轻女人，他的友人从未间断过对其不当行为的监视。终于有一天，他们上门向公爵告状：每当她确信公爵在某个时刻不会来访之后，就会接待各路来宾，这些夜间来客往往要待到第二天才姗姗离去。公爵听后陷入了巨大的痛苦之中。

面对公爵的诘问，玛格丽特痛快地承认了一切，并不假思索地建议他不要再在自己身上做无用功，既然她自觉无力继续履行承诺，也不愿从一个遭到自己欺骗的人那里再收受什么好处。

公爵足足有一个星期没有露面，这是他忍耐的极限。到了第八天，他又来恳求玛格丽特继续接受和自己来往，他保证全盘接受她的生活方式，只求能见到她，还赌咒说即使要了他的命，也不说一句责备她的话。

这就是在玛格丽特回到巴黎三个月后，也就是大约1842年11月或12月的情况。

第三章

16日下午一点,我来到了安坦街。

我才走到供马车进出的大门口,拍卖师的声音就传进了耳朵。

公寓里挤满了好奇的人。

风月场的名流全到齐了,有几个贵妇正在悄悄打量她们。这次她们又是巧立名目,借参加拍卖会之名来行就近观察之实,过了这个村很可能就没这店了,说不定她们私底下还很羡慕名媛那纵情声色的生活呢。

F公爵夫人的手肘撞到了A小姐,A小姐是当代妓女中最悲惨的人之一。T侯爵夫人正在犹豫要不要买下D夫人正在使劲抬价的那件家具,后者是我们这个时代最优雅也最著名的荡妇。至于Y公爵——他在马德里时,传说他在巴黎破了产,他在巴黎时,人们则以为他在马德里变成了穷光蛋,而实际上他连进项都花不完——这会儿正在和M夫人攀谈,这是一位最有才气的作家,特别热衷于把自己的语录定期集结成册,然后签上她的大名。同时,Y公爵还在和N夫人暗送秋波,这位美丽的女士几乎总是身着粉色或蓝色的衣服,两匹高大的黑马拉着她的马车,在香榭丽舍大街漫步。这两匹马是她花一万法郎在托尼那儿买下的,她付钱别提有多爽快了。最后是 R 小姐,她利用自身唯一的才能挣到的钱,是那些上流女人嫁妆的两倍,是那些靠爱情发迹的女人财富的三倍。这次她冒着寒冷的天气,也赶来买几件东西,关注她的人不在少数。

关于在客厅中聚集的人,我们还能举出更多的姓氏首字母,他们对在这里见到彼此十分惊讶,但为了不让读者感到腻烦,我就此打住。

我只提一点:在场的人都兴致极高,尽管女士中有不少与逝者是旧识,但并未见到她们流露出什么思念之情。

人们纵情谈笑,拍卖师扯破了嗓子,坐在拍卖桌前长凳上的商人努力地想让会场安静下来,自己好顺顺当当地做生意,却只是白费功夫。从来没见过这样混杂又喧闹的聚会。

我默默地钻进嘈杂的人群,想到那个可怜的姑娘就是在邻近的房间咽下了最后一口气,而如今人们聚集在这里拍卖她的遗物来抵她生前欠的债,我便感到怅然若失。与其说我是来买东西的,不如说我是来观察人的。我端详着拍卖商的面部表情,每当有拍品的成交价超过预期时,他们就乐开了花。

看看这些"正人君子"!他们有的利用她的花魁生涯做投机生意;有的在她身上赚了大钱;有的在她生命的最后时刻用印花税票搅得她不得安息;有的在她死后前来收割精妙计算的成果和卑鄙可耻的利益。

难怪在古时候,商人和小偷崇拜的是同一个神祇,诚哉是言！

裙子、开司米和首饰以惊人的速度售罄。但我对这些东西一点也不感兴趣，我一直在等待。

突然，我听到拍卖师高声说：

"精装书一本，装帧考究，书口有烫金，书名为《曼侬·莱斯戈》[1]，扉页写了些东西，起拍价十法郎。"

"十二法郎。"在冷场了好一会儿后，一个声音说。

"十五法郎。"我出价。

为什么要出价？我不知道，大概是为了扉页上写的话。

"十五法郎。"拍卖人重复道。

"三十法郎。"第一个出价的人说，用了一种能激起人好胜心的语气。

这次竞价变成了一场比试。

"三十五法郎！"我用同样的语气回敬了他。

"四十法郎！"

"五十法郎！"

"六十法郎！"

"一百法郎！"

我得说，假使我是冲着出风头来的，那么我成功了。在竞价过程中，整个拍卖会现场鸦雀无声。大家纷纷向我行注目礼，想看看对这本书如此执着的究竟是何方神圣。

看来我最后一次叫价时的口气镇住了我的对手，他想着还

---

1 《曼侬·莱斯戈》：普雷沃神父（1697—1763）所著小说，讲述了骑士格里欧和曼侬·莱斯戈小姐的爱情故事，亦有译名"曼侬·雷斯戈"。

是从这场对决中抽身的好,于是我花费十倍于原价的金额得到了这本书。那位竞价者稍一欠身,尽管嫌晚了些,但十分优雅地向我说:

"先生,这本书让给您了。"

此后再没人出价,书是我的了。

由于我身上余钱已不多,为了避免自尊心再把自己的牛脾气激上来,我让他们记下我的姓名,暂且将书寄存在会场后就下了楼。那些目睹了全过程的人一定十分好奇,我为什么甘愿为这本书支付一百法郎的天价,要知道这本书随处可见,一般卖十法郎,卖十五法郎就算到顶了。

一小时后,我派人领回了我的战利品。

扉页上有赠书人用钢笔写的两行娟秀的字迹,题词内容如下:

曼侬致玛格丽特,

实在惭愧

题词下有署名:阿尔芒·杜瓦尔。

"惭愧"一词在这里是什么意思?

在阿尔芒·杜瓦尔先生看来,曼侬这是承认玛格丽特比自己更放荡或更重情?

第二种猜测的可能性似乎更大,因为第一种猜测实在过于粗鲁,无论玛格丽特究竟是如何看待自己的,她都不太可能接受这种冒犯。

我又出了趟门,直到晚上临睡前才又想起这本书来。

诚然,《曼侬·莱斯戈》讲的是一个动人的故事,我熟悉其中的每一处细节。然而只要我手上有这本书,它就会一如既往地吸引我。我不禁再次翻开书,第一百次地沉浸于普雷沃神父笔下女主角的命运中。主人公是如此栩栩如生,就好像是我在现实中认识的人一样。在新的机缘巧合之下,我将曼侬和玛格丽特做了比较,这使本书平添了一份意料之外的吸引力。鉴于这位姑娘多舛的命运,自己又从她那里继承了一份遗物,我对她的同情甚至怜爱越发地增长了。曼侬是死在沙漠不假,但她死在了全心全意爱她的情人的怀里,他在她死后挖了墓地供她安息,用泪水为她送别,以痴心为她陪葬。反观玛格丽特,她和曼侬一样有罪,可能也像曼侬一样迷途知返了,如果我看得没错,虽然她被奢靡的环境包围着死在自己的床上,但她的心灵有如置于荒漠,而且比埋葬了曼侬的沙漠更干旱、更荒芜、更冷漠。[1]

据我的几个了解玛格丽特弥留之际情况的朋友说,在她持续两个月痛苦而又漫长的卧病期,从未有谁真心实意地来到她床边安慰她。

我的思绪从曼侬和玛格丽特发散开来,想到了那些我曾结识并亲眼看着她们唱着歌走向那几乎一成不变的死亡的女人。

真是可怜的人!就算爱她们是一种错,至少也应该同情她们。面对从未看到过阳光的盲人,从未听到过天籁的聋子,或是无法亲口吐露心声的哑巴,你们倒能怀有恻隐之心。在面对这些

---

[1] 在《曼侬·莱斯戈》一书中,曼侬虽深爱格里欧,但一方面被社会整体的堕落风气所污染,另一方面由于自身贫穷的家境而难以割舍富有的追求者提供的物质享受。她被格里欧的父亲设计流放美洲,最终在幡然醒悟后死在格里欧的怀中。

女人时，却用虚伪的借口——她们不够纯洁——来拒绝同情一个失明的心灵、失聪的灵魂和失声的良知，哪怕以上缺陷把这些受苦的可怜虫逼疯，让她们在身不由己的情况下丧失了明辨是非的能力，听不到造物主的神谕，更无法用纯洁的语言诉说爱与信仰。

从雨果笔下的玛丽昂·德·洛尔姆，到缪塞笔下的贝尔纳蕾特，再到大仲马笔下的费尔南德[1]，各个时代的思想家和诗人都为妓女献上自己的同情。偶尔甚至会有一个伟人挺身而出，用自己的爱情甚至姓氏来为她们洗清污名。我之所以要强调这点，是因为我猜想在读到这本小说的人中，恐怕有不少人读到这儿就准备弃书而去，因为他们担心这只不过是一本为淫欲和卖笑开脱的书，作者的年龄大概更增进了这种顾虑[2]。但愿这么想的人能回心转意，如果你只有这一层顾虑，还请继续读下去。

我只服膺这条原则：对于从未接受过善的教育的女人，上帝几乎总是为她们指出两条回归主的怀抱的路：一条是痛苦，另一条是爱情。两条路都不好走。走在这样的路上，她们的双脚会鲜血直流，双手会布满裂口；但她们也将罪恶的衣裳留在了沿路的荆棘上，即便最后赤身裸体来到造物主面前，也无须脸红。

要是谁遇见了这些勇敢的行者，理应伸出援手，并向遇到的每一个人宣扬她们的事迹，这样就等于为其他人指明了道路。

不能简单地在人生之路的入口处竖两块牌子，一块写"善之路"，另一块写"恶之路"，然后对来人说："你选吧！"而应

---

[1] 玛丽昂·德·洛尔姆、贝尔纳蕾特和费尔南德依次是雨果、缪塞和大仲马笔下的妓女。
[2] 小仲马生于1824年，本书创作于1847年，成书时作者年仅23岁，故有此说。

该像基督一样，为那些迷失在周围的诱惑中的人指出从第二条路到第一条路的归途，它的开头不应该太痛苦，也不应该显得太艰难。

基督教用那些有关浪子回头的美妙寓言劝诫我们要学会宽容和饶恕。对于深受人类激情之苦的灵魂，耶稣报以无限慈爱，在为他们的伤口上药的时候，他喜欢使用提取于伤口本身的香膏来进行治疗。因此，他对抹大拉的玛利亚说："他许多的罪都赦免了。因为他的爱多。"[1]崇高的宽恕势必唤醒崇高的信仰。

为什么我们要比基督更严厉呢？这个世界为了让人们承认它的强大而故意装出一副铁石心肠的样子，我们竟死板地认可并效仿了这一做法。为什么我们要和它一起把那些流着血的灵魂弃若敝屣？就像从病人的伤口里会流出坏血，他们的灵魂也常常倾泻着旧日的罪恶，而他们所期盼的只不过是一只友好的手，能为他们包扎伤口，治愈心灵的创伤。

我在此向我的同代人，向那些已幸运地不再受伏尔泰理论影响的人，向和我一样认识到人道主义在十五年间得到迅猛发展的人发出呼吁。分辨善恶的学问永久地得到确立，信仰重新建立起来，对神圣事物的敬意再次回到我们心中。如果说世界还算不上尽善尽美，至少它已经有所改善。一切智者都在努力追寻同一个目标，一切伟大的意志都致力于同一个原则：要善良，要有朝气，要求真！恶只不过是虚妄，要以做好事而自豪，尤其不要陷

---

[1] 抹大拉的玛利亚首次登场于《路加福音》第8章第1节，但文中这句话又疑似是《路加福音》第7章第47节中耶稣对西门就一个无名女罪人的行为进行的解说："所以我告诉你，她许多的罪都赦免了。因为她的爱多；但那赦免少的，他的爱就少。"此处应是作者用典时误将两处极为接近的典故混在一起了。

入绝望。不要因为一个女人不是母亲、姐妹、女儿或妻子就蔑视她。不要忽视对家庭的尊重,对利己主义留一份宽容。既然比起一百个从未犯罪的正直的人,一个罪人的悔改更能讨得上天的欢心,那就努力让它获得笑颜,它会反过来加倍地赐福给我们。在我们前进的路上,将我们的宽恕留给被人世间的欲望所毁掉的人吧,也许这种神圣的希望能拯救他们。就像那些好心的大娘在劝人试试她们的偏方时说的那样,就算没有疗效,至少不会有什么坏处。

确实,像我这样试图从微观主题引出宏大结论的做法,有些想当然了。但我是那种相信一切事物都植根于渺小之处的人。正所谓孩童虽幼,却能饱含人性;大脑虽小,却能庇护思想;眼睛虽微,却能囊括宇宙。

第四章

两天后，拍卖会彻底结束，成交额为十五万法郎。

这笔款的三分之二被债主收走，余下的钱则由玛格丽特的亲人——一个姐姐和一个侄孙继承。

当这位姐姐从商人寄给她的信中得知自己有一笔五万法郎的遗产要继承时，惊得目瞪口呆。

这个年轻姑娘得有六七年没见过妹妹了，自从某天玛格丽特不告而别之后，无论是她这个当姐姐的还是其他人，都再没听到过有关她的任何消息。

于是她星夜兼程赶到了巴黎，凡是认识玛格丽特的人见到她时都大吃一惊，玛格丽特唯一的继承人居然是这样一个胖胖的乡下漂亮姑娘，在此之前她还从没有离开过自己的村子呢。

她一下发了财，甚至不知道这笔意外之财是从何而来的。

后来有人告诉我，她回到村里后，尽管为妹妹的死感到十分伤心，然而遗产存起来后四厘五的利息多少弥补了一些痛苦之情。

在巴黎这座丑闻的母城中，每天都重复上演着同样的戏码，人们逐渐开始遗忘它。正当我也几乎要忘了是怎么掺和进这一系列事件的时候，一次新的际遇让我了解到了玛格丽特完整的身世，窥见了许多动人的细节，由此我萌生了要将这个故事写下来的念头，现在就让我来把它写下来。

家具尽数售出后，公寓便空了出来，重新开始出租。在那之后又过了三四天，有人在一大早就拉响了我家的门铃。

我的用人，或者说兼职用人的门房去应了门，给我带回来一张名片，说它的主人想要见我。

我扫了一眼名片，只见上面印着：阿尔芒·杜瓦尔。

我在脑海里搜索有关这个名字的记忆，想起了《曼侬·莱斯戈》的扉页。

这不是给玛格丽特送书的那位先生吗，他找我会有何事？我立刻吩咐用人把等在门口的客人请进来。

于是我看到了一位满头金发的年轻男子，高个儿，脸色苍白，身上的旅行服像是好几天没换了，上面满是灰尘，看来到巴黎的时候甚至连灰都没来得及掸去。

杜瓦尔先生完全无意掩盖他万分激动的心情，他眼里噙着泪水，用颤抖的声音说：

"尊敬的先生，请您原谅我这样不请自来，尤其是在这样衣冠不整的情况下。不过年轻人之间本就不怎么讲究那种繁文缛节，我今天又非见您不可。我甚至顾不上回趟旅馆，把行李箱寄过去就直奔您这儿来了。尽管时间尚早，我还是担心见不到您。"[1]

---

[1] 法语中有"vous"（您）和"tu"（你）两种第二人称单数称呼，第一次见面时往往使用"vous"也就是敬语相互称呼，熟络后可以改用"tu"。本书法语原文几乎全文使用敬语，但考虑到人物的关系发展，故而译文根据具体语境做了处理，后面不再加注。

我请杜瓦尔先生在炉边坐下。他坐下时从兜里掏出块手绢,用它捂了一会儿脸。

"您一定感到莫名其妙,"他一边唉声叹气一边接着说,"一个陌生人在这个点不请自来,衣冠不整不说,还哭得如此狼狈,究竟找您有什么事。我此行的目的很简单,求您帮我一个大忙。"

"先生,请继续说,我随时任您差遣。"

"您参加了玛格丽特·戈蒂埃小姐的遗物拍卖会是吗?"

当这个年轻人说出玛格丽特的名字时,曾一度成功压抑住的情感再次占了上风,他只好用手挡住眼睛。

"我在您眼里一定显得很可笑。"他又说,"请再次原谅我的失态。您这样耐心地听我倾诉,请相信我一定不会忘怀。"

"先生,"我说道,"假使我能帮上您什么忙,假使它能减轻一点您的痛苦,就请赶紧告诉我有什么能为您做的。您会发现我非常乐意为您效劳。"

杜瓦尔先生的痛苦着实令人同情,我决定无论如何也要对他亲切一些。

于是他问我:"在玛格丽特的遗物拍卖会上,您是不是买了什么东西?"

"是的,先生,我买了一本书。"

"《曼侬·莱斯戈》?"

"正是。"

"这本书还在您手上吗?"

"就在我卧室里。"

闻听此言,阿尔芒·杜瓦尔如释重负,看他向我道谢的样子，仿佛我光是保留着这本书就已经是帮了他大忙。

于是我起身到卧室取了书交给他。

"就是这本，"他看了一眼扉页的题词，就开始翻看起来，"就是这本。"

两颗大大的泪珠滴到了书页上。

"那么，先生，"他又抬头朝向我，不再试图掩盖脸上的泪痕，也不再掩饰几乎又要哭出来的事，问道，"您很看重这本书吗？"

"您为什么这么问？"

"因为我这次来就是为了请求您把它让给我。"

"请原谅我的好奇心，"我问道，"所以将这本书赠给玛格丽特·戈蒂埃的正是您本人喽？"

"正是。"

"这本书是您的了，先生，请拿去吧，我很高兴能让它物归原主。"

"可是，"杜瓦尔先生颇有些不好意思地说，"至少请让我补偿您所付的书款。"

"请允许我将它作为礼物送给您，在这类拍卖会上，一本书压根儿卖不了几个钱，况且我已经记不清具体数额了。"

"您花了一百法郎。"

"确实是这个数。"这次轮到我受窘了，"您是怎么知道的？"

"很简单，我本想及时赶到巴黎参加玛格丽特的遗物拍卖会，但我直到今天早上才到。我无论如何也要留一件她的遗物作为纪念，于是我跑到拍卖师那里，要求查看售出的拍品和买主的名单。我看到是您买走了这本书，决定来恳求您把它让给我，可是您为此书开出了这样的高价,这不禁让我担心,您是否也将思念之情寄托在了它身上呢?"

阿尔芒这么说,显然是担心我同玛格丽特的交情和他的属于一种类型。

我赶紧用话使他安心。

"我只是见过她长什么样罢了。"我对他说,"任何年轻男子在听闻一位他非常乐于见到的美女死讯时是什么反应,我对她的死就是什么反应。我当时打算在拍卖会上买点什么,也不知道为什么认定了这本书。大概是因为在场有一位先生在抬价,似乎铁了心不让我得到这本书,惹恼他叫我快活。好先生,我再向您重复一遍,这本书已归您所有,而且我请求您接受我的心意,不要像我从拍卖师那里买到它一样从我这儿买走它,也愿它帮助我们缔结更为长久和亲密的友谊。"

"那好吧,尊敬的先生。"阿尔芒说着,伸出手紧握住我的手,"我接受您的美意,并将终生感激您。"

扉页的题词、青年的旅途和他对这本书的执着都勾起了我的好奇心,我很想向他打听玛格丽特的事,但我生怕这样做会让来客以为我不收他的钱是为了有权窥探他的私人事务。

他似乎看透了我的心思,因为他如此发问:

"您读过这本书了吗?"

"全读完了。"

"您对我写的两行字怎么看?"

"我当时马上就明白了,在您眼里,那位获您赠书的可怜姑娘是一个特殊的存在,因为我不愿将这两行献词视作一般的赞美。"

"您说对了，先生，这位姑娘是一个天使。给，"他对我说，"请读读这封信。"

他递给我一封信，看上去已经被重读了许多次。

我拆开信，内容如下：

我亲爱的阿尔芒，我收到了你的信，感谢上帝，你还是和以前一样善良。不错，我的朋友，我病了，还是治不好的那种。但知道你仍然愿意关心我，这极大地减轻了我的痛苦。我刚刚收到的这封信情真意切，它治愈了我的心灵，如果说世上还有什么东西能治愈我的心灵的话。可我大概没有福气活到再次紧握写信人双手的那天了。我再也见不到您了，因为我已命不久矣，而您还远在千里之外。可怜的朋友！眼下你的玛格丽特早已不复往昔的风采了，也许比起见到她现在的模样，还是再也见不到的好。你问我是否能宽恕你，我已彻底地原谅了你，我的朋友，因为你曾意欲施加给我的痛苦恰恰证明了你爱我。我已经卧床一个月了，我非常在意你对我的看法，所以我每天都在回顾我的一生，从我们分别之日起，一直写到我没有力气再写下去为止。

阿尔芒，如果你对我的关怀是发自真心的，在你回来的路上，到朱莉·杜普拉那儿去。她会把这本日记转交给你，里面有我们之间那些事的起因以及我的解释。朱莉待我可太好了，我们经常谈起你的事。你的信寄达的时候她也在场，我们读信的时候都落了泪。

如果你没有给我回信，朱莉会在你抵达法国之后将这些文件交给你。请不要为此感激我。像这样每天回忆我一生仅有的幸福时光对我有着莫大的益处，如果你在阅读它的时候能够对过去的事感到释怀，我将得到永远的慰藉。

尽管我想给你留一点东西，让你一看到它就想起我，但我家的东西全被查封了，已没有一样再属于我。

你明白吗，我的朋友，我要死了，而从我的卧室就能听到看守踱步的声音，债主雇他来是为了不让任何人顺走什么东西。假使我没死成，那就确保我什么也没藏起来。但愿他们能等到我咽气后再瓜分我的遗物。

哦，人是多么冷酷无情！也许应该说上帝是公正不阿的。

所以，亲爱的，请你到我的遗物拍卖会上来，自己买一样什么东西，因为即便我只是为您私下保留一件最微不足道的东西，叫人知道了，您也可能会因为私自侵占被查封的财产而遭到起诉。

我即将挥别的人生是多么凄惨啊！

愿上帝发发慈悲，让我在死前能再见上你一面！现在看来，我们应该要永别了，我的朋友。原谅我没法再写下去了，那些声称能治好我的人只是给我放血，弄得我精疲力竭，我的手也不愿再任我驱使下去了。

玛格丽特·戈蒂埃

事实上，最后几个字几乎无法辨识。

我把信还给了阿尔芒，当我在读纸上的字的时候，他大概也在脑海中重读了一遍这封信。因为他在接过信的时候这样说：

"谁会相信这封信竟出自一位妓女之手！"他被旧日回忆搅

得心情激荡，仔细端详了一会儿信上的字迹，最后将它举到唇边吻了起来。

"当我想到，"他接着说，"她死了，我却没能见上她最后一面，而且再也见不到她了；又想到她对我比亲姐妹还亲，我就无法原谅自己，怎么能任由她那样死去。死了！死了！她临死还在想着我，给我写信，唤着我的名字，我亲爱的、可怜的玛格丽特！"

阿尔芒已完全听任自己的思绪和泪水恣意纵横，向我伸出手，继续说：

"如果人们看到我为了这样一个女子的死哭成这样，一定会笑我傻。但是他们不知道我以前是怎么折磨她的，我当时是多么残忍！她又是多么善良，多么逆来顺受！我原来认为宽恕她是我的特权，时至今日我自觉根本不配获得她的宽恕。啊，我愿意献出十年的寿命，只求能再拜倒在她脚下哭上一个小时。"

假如你不了解一个人的痛苦从何而来，要安慰他总是不容易的。然而我对这个年轻人产生了极其强烈的同情，他对我毫无保留地倾诉自己的悲伤之情，让我觉得他对我的劝解不会无动于衷。于是我对他说：

"您有父母、朋友吗？想开点，去见见他们，他们会安慰您，而我只能同情您。"

"没错。"说着，阿尔芒站了起来，在我房间里跨着大步来回走着，"我使您厌烦了，请您原谅，我没有考虑到自己的悲伤可能对您毫无意义，却用一件您不可能也不应该感兴趣的事纠缠您。"

"您误会了我的话，我完全听凭您调遣，只是我自觉能力不够，无法减轻您的痛苦。假如我和我的朋友圈子能转移您的注意力，假如您在任何一件事上需要我的帮助，我希望您知道我有多愿意为您效劳。"

"对不起，对不起，"他说，"痛苦让我过于敏感。请让我再待几分钟，好让我擦干眼泪，别叫路人看笑话，一个大男人怎么哭成这样。能从您手中重获这本书已使我倍感幸运，我真不知该如何回报欠您的情才好。"

"那就请您表达一下友谊，"我对阿尔芒说，"并告诉我您的痛苦究竟因何而起。一个人能够通过讲述自己的痛苦经历来获得慰藉。"

"您说得在理，但今天我太需要大哭一场了，只说得出一些颠三倒四的话。总有一天我会告诉您整件事的来龙去脉，到时您就会明白为什么我会为这个可怜姑娘的死肝肠寸断。而现在，"他最后一次揉了揉眼睛，又往镜子里望了一眼，接着说，"但愿您不要将我看成一个傻瓜，请允许我再来拜访您。"

这名青年的目光善良又真诚，我不禁想拥抱他。

至于他，他的双眼又开始被泪水所占据，他注意到我已发觉，便将目光移开了。

"就这样吧。"我对他说，"请坚强些。"

"再见。"他回答。

他拼命忍住泪水，与其说是走，不如说是逃出了我家。

我摇起了窗帘，看到他登上了在门口等着的双轮马车。刚一上车，他就用手帕遮住了脸，失声痛哭。

第五章

过了很长一段时间,其间我没得到阿尔芒的一点消息,却经常听到有关玛格丽特的事。

我不知道读者是否经历过这样的事情:一个本来于你全然陌生或至少无关紧要的人,只消有人在你面前提过一次他的名字,有关此人的各路情报就会一点点地汇聚起来,你所有的朋友开始同你谈论以前他们从未涉及的话题。于是你发现这个人仿佛就在你身边,你意识到他已经多次出现在你的生活中,只是你之前没察觉罢了。在他人对你讲述的事件中,你看到了和自己某些人生经历相吻合、相一致的地方。我对玛格丽特的感觉倒不是这样,因为我亲眼见过她,遇到过她,我认得她的长相,知道她的习惯。然而,自从拍卖会以来,我多次听人提起她的名讳。此外,在上一章中我已提到,她的名字与那样深沉的悲伤联系在一起。这一切都增进了我的惊异之情,刺激了我的好奇心。

如此一来,我与那些之前从未向其提及玛格丽特的朋友攀谈时,总是这样开场:

"您听说过玛格丽特·戈蒂埃这个名字吗?"

"茶花女?"

"正是。"

"多了去了!"他们说这句"多了去了"的时候,还会露出不言自明的微笑。

"那么,这个姑娘怎么样?"我继续问。

"是个好姑娘。"

"就这样?"

"老天!是,她比别人更有灵气,也许还更好心一些。"

"您知道有关她的特别的事吗?"

"她毁了 G 男爵。"

"还有吗?"

"她曾是……老公爵的情人。"

"此话当真?"

"都是这么传的,至少有一点可以确定,他给了她很多钱。"

我得到的总是这样含糊的信息。

然而我更希望听到的是有关阿尔芒和玛格丽特之间关系的信息。

有一天,我遇到了一个向来混迹于名媛之间,和她们过从甚密的人,我问他:

"您听过玛格丽特·戈蒂埃这个名字吗?"

又是一句"多了去了"。

"这是个怎样的姑娘?"

"她是个善良的漂亮姑娘。她死了我很伤心。"

"她是否有一个叫阿尔芒·杜瓦尔的情人?"

"是一个金发的高个儿？"

"对。"

"是有那么一个。"

"这个阿尔芒人怎么样？"

"我估计这小伙子和玛格丽特在一起的时候把自己那点小钱都祸害完了，后来他被迫离开了她，有人说他几乎为此发了疯。"

"那女方呢？"

"她也很爱他，大家都这么说，不过是以她们那种姑娘的方式去爱，总不能向她索取她给不了的东西吧。"

"那阿尔芒后来怎么样了？"

"我不清楚，我们对他了解得很少。他跟玛格丽特在一起的五六个月全是在乡下度过的。她回巴黎的时候，他已经离开了她。"

"自那以后，您再没见过他？"

"再也没有。"

我也没再见过阿尔芒。我甚至疑心他来我家的时候，玛格丽特的新亡放大了他对旧日恋情的追思，所以才显得分外哀恸。我猜想他说不定早已将再来看我的诺言和死者一起忘得干干净净。

若是换了旁人，这番假设可谓合情合理，但以阿尔芒当时悲痛之真挚，我实难置信。于是我从一个极端走向另一个极端，转而猜想他也许是悲伤成疾，我之所以没有他的消息，是因为他病了，甚至已经不在人世了。

我不禁关心起这个年轻人来。这份关心也许夹杂了私心，可能我在他的悲伤之下，已经隐约窥见了一段动人的爱情故事，也许我对阿尔芒的杳无音信的担心，很大程度上源于我对这段罗曼史的兴趣。

既然杜瓦尔先生没再到我家来,那我就上他那儿去。拜访的借口并不难找,只可惜我不知道他住在哪里。我问遍了所有人,可谁也帮不上我的忙。

我前往安坦街,玛格丽特的门房兴许知道阿尔芒的住址。门房换了一个人,他和我一样对此一无所知。于是我又问他戈蒂埃小姐葬在哪里,他告诉我在蒙马特公墓。

现在是4月,天气很好,墓园褪去了冬日里那副凄凉肃杀的样子。总之,气候已经足够温暖,足以让生者回忆起逝者,然后来祭扫他们。我来到公墓,心中暗忖:只要看看玛格丽特的墓,就能得知阿尔芒是否还处于痛苦之中,也许还能打听到他的近况。

我走进门房的屋子,向他打听是否有一位名为玛格丽特·戈蒂埃的女士于2月22日在蒙马特公墓下葬。

这个人翻开一本厚厚的册子,上面按编号登记着所有长眠于此的人的名字。然后他回答了我的问题,确实有一位叫这个名字的女士于2月22日中午在此落葬。

我请求他带我去坟墓那里,这座亡者的城市与生者之城一样有着自己的道路,若无向导引路很难找到目的地。门房叫来一个园丁,向他做了必要的说明,后者打断他说:"我知道,我知道……那座墓很好认。"说着,他转身朝向我。

"为什么?"我问他。

"因为这座墓上的花和其他的大不相同。"

"是您在打理这座墓吗?"

"是的,先生。我希望每个死者的家属都能像委托我的那个年轻人一样缅怀逝去的亲人。"

在拐了几个弯后,园丁停下脚步对我说:

"我们到了。"

确实,要不是有一块刻有名字的白色大理石墓碑为证,任谁也不会把我眼皮底下这块鲜花丛与坟墓联系起来。

大理石墓碑笔直地立在地面上,一圈铁栅栏围住了这块被人买下的地皮,地面铺满了白色的茶花。

"您看怎么样?"园丁问我。

"非常漂亮。"

"有人吩咐我,每有一朵茶花枯萎,都要换上一朵新的。"

"是谁让您这么做的?"

"一个年轻人,他头回来的时候简直哭成了一个泪人,看样子是死掉的姑娘的老相好,她好像是干那种营生的。他们说她生前长得很漂亮,先生认识她?"

"认识。"

"像其他人一样'认识'?"园丁说着,露出意味深长的微笑。

"不,我从来没跟她说过话。"

"那您还来看她,您心肠太好了,来给这个可怜姑娘上坟的人实在说不上多。"

"一个人都没有?"

"除了我提到的那位年轻先生来过一次以外,一个也没有。"

"他就来了一次?"

"是的,先生。"

"后来再没来过？"

"没有，但等他回到巴黎，他会再来的。"

"所以说他出门了？"

"对。"

"您知道他上哪儿去了吗？"

"我寻思他应该是去戈蒂埃小姐的姐姐家了。"

"他去那儿干吗？"

"他想把她的墓迁到别处去，要先征得家人同意，才好把死者重新挖出来。"

"他为什么不让她就葬在这儿？"

"先生您得知道，人们对于死人有种种想法。我们每天都看到这种事。这块墓地的租期只有五年，而这个小伙子想要找一块有永久产权的、面积更大的墓地，最好是新墓区里的。"

"您说的新墓区是指哪里？"

"左手边那块，正在对外出售。如果我们公墓以前能像现在这样维护，那就是世界上独一无二的了。但在一切完全步上正轨之前，还有很多事需要做。而且人类又是那么可笑。"

"您这话怎么说？"

"我的意思是，有些人就算是到了咱们这儿都不忘耍威风。就拿这位戈蒂埃小姐来说吧，她生前似乎不怎么检点——请原谅我这么说——现在这位可怜的小姐死了。我们每天不也得给很多名声无可指摘的女人浇坟头上的花吗？好了，一旦葬在她边上的人的家属得知了她生前的职业，他们就反对把她葬在这儿，说什么反正别处肯定有专门为这些女人准备的墓地，就像给穷人留的一样。您见过这样的事吗？我把他们批得哑口无言：有的大款一年来不了四回，每次来看望亲人都自己带花，可带的是什么花！又是他们，口口声声说为死者落泪，却连一次外观翻新的钱都不乐意出。他们在墓志铭中泪洒千行，现实中却一滴泪也没有流，到头来他们还要为难亲人在地下的邻居。先生，信不信由您，我不认识这个姑娘，我不知道她做了什么，但我喜欢她，这个可怜的姑娘。我很关照她，给她摆的茶花都是价格最公道的。在死者中她是我偏爱的那一个。好先生，我们这些人是被迫去爱死人的，我们太忙了，已经没有时间去爱其他什么东西了。"

我凝视着这个园丁，可能我的读者中会有那么几个人无须特意说明，便能够理解我听到他这番话时的感受。

他似乎注意到了我的反应，因为他又接着说：

"他们说有人为了这个姑娘倾家荡产，又说不止一个情人拜倒在她脚下。即便如此，当我想到在这些人中，居然连一个买花来看她的人都没有，我就感到诧异和悲哀。话又说回来，她已经没什么好抱怨的了，她到底还捞着块墓地，就算只有一个人记得她，他毕竟弥补了别人的份儿。我们这里有跟她年纪一般大，干的也是同一个行当的穷姑娘，她们死后直接就被丢进了公共墓地。听到她们的尸体落进墓穴的声音，我的心都碎了。她们一旦死了，就没有活人会去关心她们了！干我们这行并不总是愉快的，尤其是当你的良心还没有完全丧尽的时候。您说怎么办呢？怨我没本事。我家里有一个美丽的闺女，今年是二十岁的大姑娘了，每当他们带来和她同龄的死者，我就会想到她。无论新来的是富家千金还是流浪女，我都免不了伤心一番。

"我的这些故事大概叫您听烦了吧，您又不是专门来听我唠叨的。他们让我把您带到戈蒂埃小姐的墓前，现在我们到了，我还有什么能为您效劳的吗？"

"您知道阿尔芒·杜瓦尔先生的住址吗？"我问他。

"知道，他住在……街。至少您看到的这些花，买花的钱是我去那儿领的。"

我最后望了一眼这座撒满鲜花的坟墓，不禁想要一探墓穴的深处，好看看那个曾经的尤物在泥土下变成了什么样子。我忧悒地离开了。

"先生，您想见杜瓦尔先生吗？"跟在我身边的园丁问道。

"是的。"

"我能肯定的是他还没回来，否则我肯定能在这儿见到他。"

"所以您很确信他并没忘了玛格丽特？"

"我不仅确信这一点，而且我敢打赌他之所以要这样大费周章，就是为了再见上她一面。"

"此话怎讲？"

"他来到公墓以后对我说的第一句话就是：'要怎么做才能再见上她一面？'要达成这个目的，只有迁墓一个方法，我便把所需的一切手续告诉了他。您也知道，把死者从一个墓穴迁到另一个墓穴，首先要验明正身，必须得到家属同意，然后由一位警长主持进行。杜瓦尔先生之所以去拜访戈蒂埃小姐的姐姐，就是为了取得她的许可。他回来后的第一站一定是我们这儿。"

我们回到了公墓的入口，我再次向园丁称谢，往他手里塞了几个铜板，就动身前往他告诉我的地方。

阿尔芒还没回来。

我给他留了个口信,请他回来后尽快来看我,或者差人告诉我在哪儿能找到他。

次日一早,我收到了阿尔芒的一封信,信上说他已经回府,请我去他家一叙,还说他因疲劳过度而无法外出。

第六章

我到阿尔芒家之后,发现他正卧病在床。

他看到我,便向我伸出一只滚烫的手。

"您发烧了。"我对他说。

"这没什么,一路上紧赶慢赶,累着了而已。"

"您是从玛格丽特的姐姐那儿回来的吗?"

"对,谁告诉您的?"

"我就是知道,所以您如愿以偿了吗?"

"是的,可究竟是谁向您通风报信的?"

"是公墓的园丁。"

"您去墓地看过了?"

我几乎不敢回答这个问题,因为他说这句话时的语调清楚地表明他依然没有摆脱上次会面时我亲眼见证的痛苦状态。每当自身的思绪和别人的话语令他回忆起这桩伤心事的时候,他就会长时间不由自主地沉浸在痛苦之中。

于是我只是用点头代替回答。

"他把墓地照顾得还好吗?"他继续问。

两滴大大的泪珠从病人的双颊滑落,他扭过头不想让我看到。我装出毫无觉察的样子,试着转移话题。

"您出门已经有三个星期了吗?"我问他。

阿尔芒用手擦擦眼睛,答道:

"整整三个星期。"

"您这趟远门出得可真够久的啊。"

"哦,我不全是在赶路,要不是病了两个星期,早就回来了。我几乎是一到那个地方就开始发烧,不得不待在房间里。"

"您病没好全就回来了?"

"假使我再多待一个星期,我怕是要把命交待在那儿了。"

"既然您现在已经回来了,就应当保重身体才是。会有朋友来看您,我愿做头一个,如果您允许的话。"

"两小时后我就要下床。"

"您太着急了吧!"

"没办法,有要紧事。"

"什么事这么着急?"

"我必须到警长那儿去一趟。"

"您为什么不找人代您跑一回?不然病情又要加重了。"

"这是唯一能够治好我的病的法子。我一定要见到她。自从我听到她的死讯,尤其是见过她的坟墓之后,我就再也睡不着觉了。和我分开的时候她还那么年轻,又那么美丽,我不敢想象她居然已经不在人世了。若非亲眼所见,我是没法死心的。我要看看上帝把我那样深爱过的人变成了什么样,也许看过之后我会觉得恐惧,能冲淡一下由回忆引发的悲痛之情。您会陪我去的对吗……但愿这没太为难您。"

"她姐姐是怎么跟您说的？"

"什么也没说，她表现得非常震惊：哪儿来这么一个陌生人要特意为玛格丽特买墓地？她立刻就在我递交的授权书上签了字。"

"请听我一句劝，您应该等病好透了再去办迁墓的事。"

"哦，我会好起来的，别担心。如果我不趁现在还有心气的时候赶紧把这桩心事了结了，我可能会发疯的。我向您发誓，只有见了玛格丽特，我才能平静下来。这可能是我发烧时的渴求，夜不能寐时的迷梦，抑或欲望的产物，至于见过她之后，我是否会像朗塞[1]一样投身苦修，就不得而知了。"

"我理解。"我对阿尔芒说，"我随时乐意为您效劳，您见过朱莉·杜普拉了吗？"

"当然！我上一次回来的当天就去见过她了。"

"她把玛格丽特留在她那儿的日记交给您了吗？"

"在这儿。"

阿尔芒从枕头底下抽出一卷纸，又立刻塞了回去。

"这上面的内容我已经铭记于心。"他对我说，"三个星期以来我每天都要读上十遍。我也会让您读的，但不是现在，要等到我更加平静一点，能够将这交织着灵魂和爱情的告白解释给您听的时候。而眼下，我要请您帮一个忙。"

"什么忙？"

---

[1] 朗塞：严规熙笃会的先驱之一。该教派有感于当时主流教会奢靡的作风，提倡更加简朴严格的生活方式。

"您有一辆马车停在下面吧？"

"是的。"

"这样的话，您能否拿上我的护照，到邮局问问有没有我名下的留局待取信件？父亲和妹妹肯定往巴黎给我寄信了，我当时走得太急，没顾上看。等您回来了，我们就一起到警长那儿去，通知他明天迁墓的事。"

从阿尔芒那儿拿到护照之后，我去了让-雅克·卢梭大街。

有两封给杜瓦尔的信，我拿了信就回来了。

当我再次出现在阿尔芒面前的时候，他已经收拾停当准备出门了。

"谢谢。"他接过信说，"果然，"他看了一眼信封上的地址说，"信是我父亲和妹妹寄来的，他们一定正纳闷呢，怎么不见半点回音。"

他拆开了信，并没怎么读，只是大概猜测了一下内容，因为每封信都有四页长。不一会儿他又把它们折了起来。

"走吧，"他对我说，"信我明天再回。"

我们去见了警长，阿尔芒将玛格丽特姐姐的授权书交给了他。

警长拿了一张给公墓看守的批文给他。我们说定迁墓将于次日上午十点进行，我会提前一小时去接他，然后一起去公墓。

我也对这场仪式有着极大的兴趣，事实上，我为此一宿没睡好觉。

我尚且为种种杂念所困，可想而知这一夜对阿尔芒来说有多漫长了。

第二天上午九点，我来到他家，他的脸色白得吓人，但看上去还算平静。

他向我露出了微笑，伸出手来。

他的蜡烛都烧得见了底，临行前，阿尔芒拿起一封写给他父亲的厚厚的信，他大概在信中记录了昨夜的遐思。

半小时后，我们抵达了蒙马特公墓。

警长已经在那儿等着我们了。

我们慢慢地朝玛格丽特墓地的方向走去。警长打头，阿尔芒和我跟在他身后几步远的地方。

我时不时能感受到从同伴胳膊上传来的颤抖，就好像他突然打起了寒战。于是我看向他，他明白了我目光中的含意，便向我笑笑。但自从离开他家以来，我们之间还没有说过一句话。

快到墓跟前的时候，阿尔芒停下脚步，擦了擦汗涔涔的脸。

我也趁此机会舒了口气，此刻我的心好似被老虎钳紧紧夹住一般。

出席这样的场合，哪有人能觉得快活！我们抵达墓地的时候，园丁已将所有花盆挪开，铁栅栏也已被搬走，两个男人正在挖土。

阿尔芒倚在一棵树上，就这样看着。

似乎他全部的生命力都聚焦在了那双眼睛上。

突然，有一把鹤嘴镐触到石头，发出刺耳的声响。

听到这个声音，阿尔芒如遭电击，向后退了一步，他紧紧握住我的手，力道之大让我痛了好一阵子。

一个掘墓人拿起一把大铁锹一点点地清理墓穴，等到只剩石头盖在棺材上的时候，他开始逐块把它们扔出去。

我偷偷观察阿尔芒，他明显在克制自己的感情，我无时无刻不在担心他会被它压垮。但他就像是发了疯，瞪大的双眼直勾勾地盯着墓地，微微颤抖的脸颊和双唇泄露了他内心面临的强烈的危机。

至于我，我只有一件事要说，那就是我后悔来到这里。

棺材整个暴露出来之后，警长对掘墓人说：

"打开。"

这些人照办了，仿佛这是世界上最简单的事。

棺材是用橡木打的，他们开始取棺板上的钉子。湿气害得螺丝生了锈，他们费了好一番气力才打开了棺材盖。尽管坟墓周围撒满了香气四溢的花草，但还是有一股恶臭随之冲出。

"我的上帝，我的上帝啊！"阿尔芒喃喃自语，脸色越发苍白了。

就连掘墓人也不禁向后退去。

一块巨大的白色裹尸布包裹着遗体，依稀可辨身体的轮廓。裹尸布几乎覆盖了整具尸体，只露出死者的一只脚。

我当时几乎快要晕倒，即使是在写下这几行字的眼下，我脑海中对这一幕的记忆依然无比真切。

"抓紧点儿吧。"警长催促道。

其中的一个掘墓人伸开双臂，开始拆裹尸布。只见他抓住布的一头，一下掀开，玛格丽特的脸就这么突然出现在我们面前。

死者的模样着实可怖，说起来都叫人不寒而栗。

原来的一对明眸只剩两个窟窿，双唇不翼而飞，洁白的牙齿紧锁着。干枯的黑色长发贴在太阳穴上，稍微掩盖了一下已然发青的凹陷的双颊。然而即便是这样,我仍旧能依稀分辨出我以前经常见到的那张脸,那张白里透红、喜气洋洋的脸。

阿尔芒的目光定格在死者的脸上,把手绢举到嘴边紧紧地咬住。

至于我,我的头仿佛被铁环圈紧,眼里蒙了一层雾,耳朵里嗡嗡作响,我只得将随手带着的嗅盐瓶拧开,拼命地闻着。

在这头晕目眩的当口,我听到警长问阿尔芒:

"您认完了吗?"

"完了。"阿尔芒低声答道。

"那就盖上,抬走吧。"警长吩咐。

掘墓人把裹尸布丢在死者的脸上,盖上棺材,一人搬一头,往事先定好的地方走去。

阿尔芒没有动,双眼一动不动地盯着变得空落落的墓穴。他的脸色就跟我们刚刚看到的尸体一样惨白——他几乎化作了一尊石像。

我知道随着仪式结束,当得到缓解的痛苦无法再为他提供精神上的支持时,会发生些什么。

我走近警长。

"这位先生,"我指着阿尔芒对他说,"他还需要留在这儿吗?"

"不需要了。"他对我说,"而且我建议您把他带走,他看上去不太好。"

"走吧。"说着,我挽起阿尔芒的胳膊。

"什么?"他看着我说,就像不认识我一样。

"仪式结束了。"我接着说,"您该走了,我的朋友。您脸色惨白，浑身发冷，再这样激动下去是要送命的。"

"您说得对，那我们走吧。"他机械地回了这么一句，却一步也没有迈出去。

于是我只好抓起他的胳膊拖着他走。

他就像个孩子一样任由人牵着，只是不时喃喃自语：

"您看到那双眼睛了吗？"

他回过头去，仿佛受到了那幅景象的呼唤。

与此同时，他颤颤巍巍地向前挪着步子。他的牙齿直打战，双手冰冷，全身的神经都激烈地颤抖。

我同他讲话，他也不回答我。

他目前唯一能做的，就是被我带着走。

在公墓门口我们撞见一辆马车，来得正好。

刚坐下，他的抽搐便进一步加剧了，全身经历了一次真正的痉挛。他怕我被吓到，便紧握住我的手低声说：

"这没什么，没什么，我想哭。"

我听到他的胸膛在直喘气。他的眼睛充了血，但眼泪流不出来。

我让他闻了我用过的嗅盐瓶，当我们回到他家的时候，他只有寒战还在继续。

在用人的帮助下，我把他扶到床上躺下。我在他的卧室生了旺火，然后急忙去找我的医生，告诉了他事情的经过。

医生立刻赶来了。

阿尔芒面色绯红，陷入了谵妄状态，断断续续地说着胡话，其中只有玛格丽特的名字清晰可辨。

"怎么样？"我待医生检查完问他。

"怎么说呢，他命真大，得的是脑膜炎，不是别的什么。愿主饶恕我，我还当他疯了呢！所幸他肉体上的疾病将压倒他精神上的病。一个月后，也许两种病都会痊愈。"

第七章

阿尔芒害的这类病倒也爽快,患者不是一下就送了命,就是很快痊愈了。

距离我在上文记录的一系列事件过去了两周。阿尔芒已完全康复,我们之间也结下了深厚的友谊。在他患病期间,我几乎从未离开过他的房间。

春回大地,花儿竞相绽放,青草再披绿衣,鸟儿欢唱,歌声飘扬。我这位朋友的窗户正朝向花园欢快地开着,园中散发的阵阵怡人香气直冲他而来。

医生已经允许他下床活动。我们经常趁阳光最强烈的时候——也就是中午十二点至下午两点——坐在开启的窗户旁说话。

我一直努力回避玛格丽特的名字,总是担心它会唤起病人沉睡在平静外表下的痛苦回忆,但阿尔芒却似乎很乐于提起她,不再像以前那样眼中含泪,而是面带柔和的微笑,这使我对他的心理健康感到安心。

我发现,自从他上次造访公墓,目睹了那样的景象并遭受了巨大的打击之后，他精神上的痛苦似乎被肉体上的疾病压住了。对玛格丽特之死，他的看法也变得和过去不同。在确认了佳人已逝后，他反而获得了某种慰藉。为了从脑海中赶走那幅时常造访的悲惨光景，他强迫自己重温与玛格丽特相爱时的甜蜜往事，似乎也只愿意面对这样的事。

阿尔芒的身体饱经病魔的摧残，又刚刚退烧，因此他暂时不宜经历过于激烈的情感波动。此外，他被春日万物呈现出的勃勃生机所包围，不禁回忆起旧日的欢乐景象。

他一直执拗地对家人隐瞒自己病危的消息，直到脱离危险之后，他的父亲对此事还一无所知。

某天晚上，我们在窗前待的时间比任何时候都久。当天的天气非常好，夕阳渐渐沉入闪耀着蔚蓝和金黄的暮色中。尽管我们身处巴黎，周遭的绿色仿佛将我们同世界隔开了。除了不时传来的马车声，再没有什么来打扰我们的对话。

"大概就是在一年中的这个时段，在一个这样的夜里，我邂逅了玛格丽特。"阿尔芒对我说，他说这话的时候沉浸在自己的思绪中，并没有听我说话。

见我毫无反应，他转过头来对我说：

"我应该把这个故事讲给你听。你若把它写成书，恐怕大家不会相信，但写书的过程应该会很有趣。"

"你迟一些再和我说吧，我的朋友。"我对他说，"你的身体还没完全恢复。"

"今晚怪暖和的，该吃的鸡胸肉我也吃了。"他面带微笑对我说，"我的烧退了，我们又无事可做，我要把这件事的始末原原本本地告诉你。"

"既然你非讲不可,那我洗耳恭听。"

"这是一个非常简单的故事。"他接着说,"我会按照时间顺序来讲。如果你之后要以它为蓝本写点什么,你想怎么写就怎么写。"

下文就是他给我讲的故事,我几乎未对这个感人至深的故事做什么改动。

是啊——阿尔芒把头靠到扶手椅的椅背上,正式开始他的回忆——那是在一个像今天这样的晚上!我和一个叫 R. 加斯东的朋友在乡下消磨了一天,晚上回到了巴黎,由于没想好做什么,便来到了综艺剧院。

在一次幕间休息时,我们走出包厢,在走廊上与一位高个儿女士擦肩而过,我朋友同她打了个招呼。

"你刚刚是在跟谁打招呼?"我问他。

"玛格丽特·戈蒂埃。"他答道。

"她变了好多,刚刚我都没认出她来。"我说这话的时候很是激动,你一会儿就会明白是为什么。

"她生了一场大病,这个可怜的姑娘怕是活不久咯。"

我清楚地记得这些话,就好像是在昨天听到的一样。

我得向你承认,我的朋友,在那之前的两年里,每当我遇到她,总是会生出一种异样的感觉。

我的脸色会莫名其妙地发白,心脏怦怦跳个不停。我有个朋友颇懂一些神秘学,他把我的这种表现称为"流体的亲力"。至于我,则非常天真地认为我是命中注定要爱上玛格丽特的,我只不过是预见到了这一点。

我每次为她露出的窘态被好些朋友看在眼里,在得知了这副糗样是因谁而起之后,他们纷纷大笑。

我第一次见到她是在交易所广场的苏斯商店。一辆敞篷马车停在商店门口,一位白衣女士下车走入店里,激起一阵低低的赞叹声。而我则呆若木鸡,从她进入店铺到离开,就那么呆呆地站着。透过窗户,我看到她在店里挑选商品。我不是不能进店,而是不敢那么做。我不知道那位女士的身份,生怕她看出我为什么要进店,然后感觉受到了冒犯。然而那时我没想到还会有跟她重逢的一天。

她的穿着打扮十分优雅,身着一条镶满了褶边的长裙,肩披的印度方巾四角镶了金,还有丝绣的花朵,头戴一顶意大利草帽,手腕上别出心裁地戴了一条很粗的金链子,那是当时才开始流行的。

她又登上敞篷马车离开了。

店里的一个伙计站在门口,目送这位优雅的顾客的马车远去。我走到他身旁,请他告诉我那位女士的名字。

"那是玛格丽特·戈蒂埃小姐。"他答道。

我没敢向他打听她的住址,就这样离开了。

我曾产生过很多幻觉,大都消散了,但由于这次是真实发生过的事,我并未将其抛诸脑后,而是到处寻找这位白衣飘飘的绝代佳人。

这件事发生几天后,在巴黎喜歌剧院有一场盛大的演出,我也去了。在舞台一侧的一个包厢里，我第一个认出的就是玛格丽特·戈蒂埃。

和我一起的小伙子也认出了她，他叫出了她的名字并对我说："你看那个漂亮姑娘！"

正在此时，玛格丽特通过望远镜向我们这边看来，她发现了我的朋友，朝他微笑并招手叫他过去。

"我去跟她问声好，"他对我说，"一会儿就回来。"

我忍不住对他说："你命真好！"

"为什么这么说？"

"因为你有资格去拜访这位女士。"

"你爱上她了？"

"没有，"说出这话，我的脸红了，被问得不知如何是好，"但我真的很想认识她。"

"那就跟我一块去，我来给你牵线。"

"应该先征得她的同意。"

"拜托，跟她来往不用这么拘谨，走吧。"

他这句话让我心情低落，害怕这一去会坐实一点：玛格丽特配不上我对她的情愫。

阿方斯·卡尔[1]在《烟雾》一书中描写了这样一位男子：他在入夜后跟踪一位十分优雅的女士，后者的惊艳容貌令他一见钟情。只为了一吻女士的纤纤玉手，他就自觉生出了无上的力量、无穷的野心和无尽的勇气。她为了不让裙边沾上泥，把裙子向上

---

1 阿方斯·卡尔（Alphonse Karr，1808—1890）：法国评论家、记者和小说家。

提了一点，露出了迷人的小腿，他却不敢看上一眼。就在他幻想自己为征服这个女人所做的种种努力时，她在一个街角把他拦了下来，问他要不要上楼到她家去。他当即掉头穿过马路，十分沮丧地回到家中。

我回想起了这段情节。我已经准备好为这个女人受苦，就怕她过于轻易地接受我，过于匆忙地向我献出爱情。我愿意为了得到这份爱而忍受长久的等待和做出巨大的牺牲。我们这类男人就是这样，如果想象能赋予感官诗意，肉欲能让位于灵魂，我们就会很幸福了。

也就是说，假使有人告诉我："你今晚能拥有这个女人，代价是你明天将会被人杀死。"我会欣然接受这样的命运。但他如果说的是："花十个路易[1]，你就能成为她的情人。"我不仅会断然拒绝，更会大哭一场，就像孩子在夜间梦见城堡，醒来时却发现不过是黄粱一梦。

即便如此，我仍然想认识她，这可能是了解其为人的唯一办法。

于是我对友人说，我依然坚持要求先取得她的许可，再由他把我介绍给她。我在走廊里踱着步，心想她马上就要接见我了，而我还没想好要以何种姿态来面对她的目光。

我试着把要对她说的话连成通顺的句子。

爱情啊，你是那么崇高，又那么幼稚！

不一会儿，我的友人下来了。

---

[1] 路易：旧时法国的金币，1路易等于24法郎。

"她在等我们。"

"她是一个人吗?"我问道。

"还有一位女士在场。"

"有男人没有?"

"没有。"

"那走吧。"

友人走向剧院的大门。

"喂,不是走那儿吧。"我对他说。

"我们得先去买点糖,她让我去的。"

我们来到了一家开在剧院通道上的糖果铺。

我真想把整家店给包圆儿了,当我还在考虑要往袋子里装些什么的时候,我的朋友开口了。

"要一斤糖渍葡萄。"

"你怎么知道她爱不爱吃这个?"

"她只吃这种糖,这谁都知道。"

"对了!"我们走出店门时他接着说,"你知道我要给你引见的是一个怎样的女人吗?别表现得好像她是一位公爵夫人,她不过是一个妓女,一个地道的妓女,我的朋友。所以,别扭扭捏捏了,想到什么就说什么。"

"好了,好了。"我随口应道。在跟他进门的时候,我心想,看来我的一头热要有人治了。

当我走进包厢的时候,玛格丽特正在放声大笑。

我倒宁愿她郁郁寡欢。

友人为我做了介绍。玛格丽特对我点了点头,说:

"我的糖买了吗？"

"给。"

她一边接过糖，一边看着我。我低下头，脸红了。

她俯身到邻座女士的耳边，对她低声说了几句，两个人都放声大笑起来。

不用多说，我成了她们取乐的笑料，我的窘态让她们越发乐不可支。我之前的情人是一个小布尔乔亚出身的女人，她既温柔体贴，又情感充沛。我曾为她的多愁善感和过于伤感的书信而哑然失笑。此时，我终于由自己当下的处境意识到曾经给她带来了多少痛苦，在接下来的五分钟里，我对旧日情人生出的爱意是任何一个女人都未享有过的。

玛格丽特不再搭理我，吃起了糖渍葡萄。

我的介绍人不愿坐视我落入这样窘迫的境地。

"玛格丽特，"他说，"如果杜瓦尔先生一言不发，你是不应该感到奇怪的，你这样戏弄他，他哪儿找得到什么话说呢！"

"在我看来，你之所以邀这位先生同来，不过是因为你觉得一个人来太无聊罢了。"

"如果是这样的话，"我插嘴道，"我就不会要求埃内斯特先行向您取得许可了。"

"也许这只是为了延迟这个尴尬瞬间到来所使的手段罢了。"

只要和玛格丽特这样的姑娘稍微生活过一段时间，人们就会发现她们热衷于故作深沉，还喜欢捉弄头回见面的人。这大概是她们在每天不得不忍受他人的羞辱之后，所实行的一种报复。

因此，面对她们的这种态度，应当以她们那个世界的习惯进行回应，但我并没有那种习惯。此外，我对玛格丽特的既有看法使我无法对她的捉弄一笑了之。我对这个女人身上的任何方面都做不到无动于衷。于是我站起身，说话的语气也变了，这点是不能完全逃过别人的眼睛的。

"夫人，如果说您是这样看我的，我只好请您原谅我的冒昧，并容许我向您告辞，我保证不会再有下一次了。"

说完，我行了一个礼，离开了房间。

我关上门的瞬间，房里爆发出第三阵笑声。那一刻，我真希望能有人给我来上一肘。

我回到了自己的座位上。

铃铛响了，幕升了起来。

埃内斯特回到了我身边。

"你是怎么了？"他一边坐下一边说，"她们都觉得你疯了。"

"我走的时候玛格丽特说了什么？"

"她被你逗笑了，向我保证她从没见过你这样滑稽的人。但你不要觉得这是什么奇耻大辱。有一点，别把这些姑娘太当回事，否则就太抬举她们了。她们根本不知道什么是优雅和礼节，这就和你往狗身上喷香水，它们反而会觉得难闻，非得去泥塘打滚一个道理。"

"说到底，这与我还有什么相干？"我试着装出无所谓的样子，"反正我不会再去见这个女人了。如果说在认识她之前，我对她还有好感的话，现在我认清了她的真面目，哪还有什么留恋可言呢？"

"得了吧！我可觉得有一天会在她的包厢里见到你，或是听说你为了她毁了自己。你说得有道理，她是没什么教养，但到底是个千娇百媚的主儿，能把她捞到手，那肯定是一件美事！"

幸亏此时戏开场了，我的朋友没有再说下去。假若你问我当天演了些什么，我可没法告诉你。我只记得自己时不时就会抬眼望向那个我匆忙逃离的包厢，那里人来人往，每时每刻都有新的访客。

然而，我根本无法忘怀玛格丽特。另一种情感攫住了我，我觉得我应该放下她对我的羞辱和自己的荒唐行为。我暗自起誓，哪怕掏空积蓄，我也要得到这个姑娘，占据刚才我一下就放弃了的那个位置。

戏还没演完，玛格丽特和她的友人就离开了包厢。

我情不自禁地离开了我的座位。

"你这就要走了？"埃内斯特问我。

"对。"

"为什么？"

这时，他发现那个包厢空了。

"去吧，去吧。"他说，"祝你好运，或者应该说，祝你行大运。"

我走出了会场。

除了楼梯上传来裙子摆动时发出的窸窸窣窣的声音，我还听到有人说话的声音。我躲到一旁，看到两位女士由两个小伙子陪着正向外走，他们并没有发现我。

在剧院的柱廊处，一个小听差迎了上去。

"去告诉车夫，到英国咖啡馆门口等着。"玛格丽特说，"我们自己走过去。"

几分钟后,我正在林荫大道上游荡,透过餐厅里一间大包房的窗口,我看到玛格丽特倚靠在阳台上,一瓣接一瓣地摘着手中那束茶花的花瓣。

两个小伙子中的一个靠在她肩上,两人低声交谈着。

我在金屋咖啡馆二楼的大堂坐下,紧紧盯着那个窗口。

凌晨一点,玛格丽特同三个友人一起登上了马车。

我也叫了一辆轻便马车在后面跟着。

马车在安坦街九号停下了。玛格丽特下了车,独自回到了家中。

这也许只是一个巧合,但已足以使我感到十分幸福。

打从这天起,我经常在演出现场或香榭丽舍大街遇到玛格丽特。她一直是那么快活,我则始终像当初那样激动。

然而,又过了两周,其间我在哪儿都见不到她的身影。我遇到了加斯东,便向他打听消息。

"这个可怜的姑娘病了。"他告诉我。

"她怎么了?"

"她生的是肺病,过的又是一种对治病毫无助益的生活,现在正躺在床上在鬼门关徘徊呢。"

人的心理真是奇怪,我听到她得病的消息居然觉得高兴。

我每天都去探听她的病情,但不让人记下我的名字,也不留名片。后来我知道她痊愈了,又去了巴涅尔。

随着时间流逝,如果她对我而言算不上回忆,那么她给我留下的印象逐渐从我脑海中淡出了。旅行、社交、生活和工作取代了我对她的思念。当我再回想起这初次的冒险时,我只看到人在年少时特有的那份激情,时过境迁后再次回望,唯有会心一笑。

此外,这段回忆实在称不上成功,毕竟在玛格丽特离开之后,我就再也没见过她。就像我开头说的那样,当她在综艺剧院的走廊里与我擦肩而过的时候,我居然没认出她。

是,她当时是戴了面纱,但如果放在两年前,就算她裹得再严实,我都不需要用眼睛看,光凭感觉就能认出她来。

即便如此,一旦我知道面前的人就是玛格丽特,心仍旧会不由自主地怦怦乱跳。尽管睽别两年,只要触着她的裙子,其间产生的疏离感便烟消云散了。

第八章

然而——阿尔芒顿了一下后接着说——在我发现自己还爱着她的时候，我觉得自己比以前更坚强了。在我渴求和玛格丽特重逢的愿望中，还掺杂了一份私心，我想让她知道现在是我占了上风。

人为了实现愿望，要想多少办法，又要找多少借口啊！

因此，我在走廊里也待不住了，我回到座位上，飞快地扫了一眼演奏厅，想看看她坐在哪个包厢里。

她独自一人坐在底层台前包厢里。她变了，这我已经对你说过了，我在她的双唇间再也找不到那种满不在乎的微笑了。她受苦了，而且这痛苦还在继续。

尽管已经是4月了，她还穿得跟冬天时一样，全身用天鹅绒衣服裹得严严实实。

我直愣愣地盯着她，到底把她的目光吸引过来了。

她打量了我一会儿，又拿起望远镜想看得更清楚些。她肯定觉得我面熟，却又叫不上名字。我之所以这么说，是因为她随后放下了望远镜，嘴角浮现出微笑，这种妩媚的笑容是女性专门向人致意用的。她应该觉得我会向她问好，便预先做好了准备。可是我并没有做出任何回应，似乎这样自己就占了上风，我忘了她，而她还记得我。

她以为自己记错了，便把头转了回去。

幕布升了起来。

在演出过程中，我朝玛格丽特那边望了好几次，没有一次看到她在认真看戏。

而我对这出戏也同样兴趣寥寥，全副心思都放在了她身上，但又想方设法不叫她察觉。

我看到她和对面包厢的人在交换眼色，我看向那个包厢，发现里面坐着的女人是我的老相识。

这个女人过去也是妓女，后来想进剧院失败了。她又依靠自己和巴黎时髦女郎的关系转投商海，开了一家时装店。

看到她，我想到了一个能让我见上玛格丽特的法子，便趁她看向我这边的时候，用手势和眼神向她问好。

不出所料，她招呼我去她的包厢。

这位时装店老板名叫普律当丝·迪韦努瓦。她是一个四十多岁的胖女人，向这种女人打听事是不需要要什么手段的，况且我想向她打听的只不过是一件稀松平常的事。

趁她又开始与玛格丽特使眼色的当儿，我问她：

"你在看谁？"

"玛格丽特·戈蒂埃。"

"你认识她？"

"认识，她是我的客人，也是我的邻居。"

"所以你也住在安坦街?"

"我住在七号,我俩化妆室的窗户正好对着。"

"都说她是个迷人的姑娘。"

"你还不认识她?"

"不认识,但我很想认识她。"

"需要我叫她到我们的包厢来吗?"

"不,我更希望你把我介绍给她。"

"在她家?"

"对。"

"那可难了。"

"为什么?"

"因为她受到一个十分善妒的老公爵的保护。"

"*保护*,这说法真迷人。"

"对,就是保护。"普律当丝接着说,"可怜的老头,他可没脸当她的情人。"

普律当丝便将玛格丽特和公爵在巴涅尔结识的来龙去脉告诉了我。

"所以是为了这个,"我继续说,"她才一个人来看戏的?"

"正是如此。"

"可一会儿谁来接她呢?"

"公爵本人。"

"也就是说,他还要来接她回去咯?"

"人马上就到。"

"你呢?谁送你回去?"

"没人送我。"

"那就交给我吧。"

"但你不是跟朋友一块来的吗？"

"那我们就一起陪你回去。"

"你朋友人怎么样？"

"他是个讨人喜欢的小伙子，人也很活泼，他会很乐意认识你的。"

"行。就这么说定了，等这出戏完了我们四个[1]一起走，最后一出我已经看过了。"

"好吧，那我去告诉我朋友一声。"

"去吧。"

"你看！"我正要离开时，普律当丝对我说，"现在走进玛格丽特包厢的就是公爵。"

我顺着她指的方向望去。

确实，一个七十多岁的老头刚刚在年轻姑娘身后就座，并递给她一个装有糖果的纸袋，她脸上浮现出笑容，立刻伸手进去翻找。接着，她从包厢探出身子，朝着普律当丝打手势，意思是："你要吗？"

"不了。"普律当丝回应。

玛格丽特又拿起袋子，转身去跟公爵说话。

一个劲儿地纠缠这些细枝末节的事似乎有些幼稚，但有关这个姑娘的记忆一直深深地镌刻在我心里，今天又拼命往外冒。

---

[1] 按照上下文，此处应该是三人，但此书法语原文如此。

我下楼告诉了加斯东我刚刚为我俩做的安排。

他同意了。

我们离开座位，想去普律当丝的包厢。

我们刚推开正厅的门，就不得不停下，让玛格丽特和公爵通过。

假如能占据老头的位子，我情愿献出十年的寿命。

到了街上，公爵把玛格丽特扶上一辆四轮敞篷马车，由他亲自驾车，由两匹良驹拉着的马车飞快地驶走了。

我们回到了普律当丝的包厢。

这出戏演完后，我们来到街上，叫了一辆普通的出租马车回到了安坦街七号。在她家门口，普律当丝邀请我们上楼参观她的买卖。对此我们完全是门外汉，而她则颇以此自矜。可以想见我是怀着何等急切的心情接受了她的邀请。

我觉得自己正在一点点接近玛格丽特，很快，我便把话题引到了她身上。

"老公爵现在在你邻居家吗？"

"不在，她肯定是一个人。"

"她这样可要无聊坏的。"加斯东说。

"我们几乎每天晚上都在一起消磨时间，如果她出门了，回来后一定会叫我。她从来不在凌晨两点前睡觉，早了也睡不着。"

"为什么？"

"因为她的肺有毛病，一直在发烧。"

"她没有情人吗？"我问道。

"在我离开她家的时候，从来没看过有男人留宿，但至于在我走后有没有人来拜会她，我可不敢保证。晚上我经常会在她家碰到某位 N 伯爵，他满以为像这样在十一点来访，玛格丽特想要多少首饰就送她多少，他就能和她套上近乎，但其实她非常讨厌他。她真傻，那是一个有钱的公子哥。我天天和她说：'亲爱的孩子，你就得找这样的男人！'她只当耳旁风。平时她挺听我的话，但只要我一提这事，她就背过身子去，嘟囔说这人蠢透了。说他蠢，这我同意，但他对她来说毕竟是一个归宿，而那老公爵指不定哪天就蹬腿了。我认为老头子在死后连一个子儿都不会留给玛格丽特，原因是：老年人总是自私的，而且他的亲戚也一直反对他这样宠爱玛格丽特。我跟她讲道理，她反倒说，等到公爵归天之后，再接受 N 伯爵也不迟。"

"玛格丽特过得一点也不快活，"普律当丝接着说，"她很清楚自己是过不了这种生活的，早晚要把那老头撑走。这老头可真烦人，她成了他口中的女儿，他就像对待一个孩子那样管束她，时刻不停地盯着她。我敢保证，哪怕是现在这个点，街上肯定还有一个他家的用人在游荡，看看又有谁从玛格丽特家出来了，更重要的是，又有谁进去了。"

"啊，可怜的玛格丽特！"说着，加斯东坐到钢琴前，弹起了圆舞曲，"我之前不知道这回事，即便如此，我也觉得她得有好一阵儿不如以前快活了。"

"嘘！"普律当丝竖起耳朵。

加斯东停止了弹奏。

"我感觉她好像在叫我。"

我们凝神细听。

确实，有一个声音在叫普律当丝的名字。

"先生们，我得请你们离开了。"普律当丝对我们说。

"好嘛，你就是这么招待客人的？"加斯东笑着说，"我们想走的时候才会走。"

"为什么要赶我们走？"

"我要去玛格丽特那儿。"

"我们在这儿等你。"

"这可不行。"

"那我们就跟你一起去。"

"那更不行了。"

"我认识玛格丽特。"加斯东说，"我完全有理由去拜访她。"

"但阿尔芒不认识她。"

"我来给他们介绍。"

"这可不行。"

我们又听到玛格丽特的声音，她一直在叫普律当丝，后者跑到化妆室里，我和加斯东跟了过去。普律当丝打开了窗子。

我俩藏了起来，好让外面的人看不到。

"我都叫了你十分钟了。"玛格丽特隔着窗子说，语气强硬，几乎是在发号施令。

"你找我什么事？"

"我要你现在就上我这儿来。"

"为什么？"

"因为N伯爵还赖着不走，我快被他烦死了。"

"我现在走不开。"

"你被谁绊住啦?"

"我家来了两个年轻人,他们不肯走。"

"告诉他们你必须得出门。"

"我跟他们说过了。"

"这么办吧,把他们留在你家,看到你出去了,他们也会走的。"

"那要等到他们把这里弄得一团糟以后了!"

"那他们想怎么样?"

"他们想见你。"

"他们叫什么名字?"

"有一个你认识,叫R.加斯东。"

"对,我认识他,还有一个呢?"

"阿尔芒·杜瓦尔先生,你认识他吗?"

"不认识,但都带来吧,总比伯爵强。我等你们,快来。"

她们相继关上了化妆室的窗。

玛格丽特虽然短暂回忆起了我的长相,却完全记不起我的名字了。我宁愿她仍留有对我的负面印象,也好过把我给忘了。

"我就知道,"加斯东说,"她很愿意见到我们。"

"'愿意'这个词可用得不对。"普律当丝一边围披肩、戴帽子,一边说,"她接待你们只是为了赶跑伯爵。请你们好好表现,至少要比伯爵更讨人喜欢,要不然玛格丽特可是会给我脸色看的,我太了解她了。"

我们跟着普律当丝下了楼。

我浑身打战,似乎感到这次拜访将会对我的人生产生重大影响。

我的心情比在喜歌剧院那晚第一次被介绍给玛格丽特时还要激动。

来到公寓前——你也已经去过了——我的心怦怦直跳,已经无法正常思考。

几声钢琴和弦传入了我们的耳朵。

普律当丝按响了门铃。

琴声停了。

一个女人来开了门,与其说她像用人,不如说像一个被雇来作陪的女伴。

我们穿过大客厅来到会客室,它当时已经是后来你拜访时的那个样子了。

一个小伙子正依靠壁炉站着。

玛格丽特坐在钢琴前,任由手指在琴键上徜徉,她弹起一首又一首曲子,但没有一首是弹到最后的。

房间里有一种穷极无聊的气氛,男人因意识到自己的鄙陋而坐立难安,女人被来访的厌物搅得心烦气躁。

听到普律当丝的声音,玛格丽特站起身,向她投去感激的眼神,随后迎向我们,对我们说:

"请进,先生们,欢迎光临。"

第九章

"晚上好,亲爱的加斯东。"玛格丽特对我的同伴说,"见到你真让我高兴,为什么你不在剧院的时候就到我包厢来呢?"

"我怕那样做有点冒昧。"

"朋友之间说什么冒昧不冒昧的。"玛格丽特特意强调了"朋友"二字,就好像是告诉在场所有人,尽管她招呼得这么亲热,加斯东过去是,将来也只会是她的一个普通朋友。

"那么,你允许我向你介绍阿尔芒·杜瓦尔先生吗?"

"我已经同意普律当丝为我引见了。"

"至于这件事,夫人,"我弯腰行礼,好不容易憋出几句勉强能听清楚的话,"我已经有幸曾被人介绍给您了。"

透过玛格丽特那迷人的双眼,我看得出她似乎正在回忆,但她并未想起什么,或者说,装出什么也没想起来的样子。

"夫人,"于是我接着说,"我很庆幸您已经记不起我们初次见面的场景了,因为我当时表现得十分荒唐,一定扫透了您的兴。是这样的,两年前,在喜歌剧院,我和埃内斯特·德一起……"

"啊,我想起来了!"玛格丽特微笑着说,"您的举止没什么可笑的，是我当时太爱恶作剧了，现在这毛病也没改掉，不过我已经收敛多了。先生，您已经原谅我了吧？"

她向我伸出手，让我吻了一下。

"这是真的，"她继续说，"我应当向您坦白我的这个坏习惯：喜欢捉弄头回见面的人，看他们出丑的样子。这习惯真不好，我的大夫说这是由我的神经质和长期多病的体质导致的，请您相信我大夫的诊断。"

"但您看上去容光焕发，一点不像有病的样子。"

"哪儿的事！我之前病得很厉害。"

"我知道。"

"谁告诉您的？"

"大家都知道这事，我那会儿经常来打听您的病情，听到您康复的消息我别提多快活了。"

"我从来没收到过您的名片。"

"那是因为我从来也没留过名片。"

"我生病期间，有个年轻人每天来打听消息，却不肯留下姓名，难道就是您吗？"

"是我。"

"如此一来，您不仅心胸宽大，心肠也好。"她望了我一眼，这是那种女人给男人做总结陈词的眼光。末了，她还不忘转而揶揄伯爵："换作是伯爵您，恐怕就不会这么做了吧。"

"我认识您才不过两个月。"伯爵辩解道。

"这位先生认识我才五分钟！您总是满嘴傻话。"

女人在面对她们不喜欢的男人时，是冷酷无情的。

伯爵涨红了脸，咬紧了嘴唇。

我开始可怜他了，毕竟他看上去和我一样，也陷入了爱河，而玛格丽特这样毫不掩饰地对他冷嘲热讽，一定让他感到分外难堪，更别提还是当着两个陌生人的面。

"我们进来的时候听到您正在弹琴，"我想法子转移话题，"若您能赏脸，就当我们是多年老友，继续弹下去如何？"

"关于这点，"她躺倒在长沙发上，对我们做了一个"请坐"的手势，说，"我弹的是什么曲子，加斯东心知肚明。如果只有伯爵和我单独相处，弹来不无好处，但我可不想让你们二位忍受同样的折磨。"

"原来您对我如此情有独钟。"N伯爵回应道，他挤出一丝微笑，努力想让自己看起来既机灵又讽刺。

"您这么说就错了，您只在这一点上才能得到我的特殊照顾。"

可怜的小伙子，他注定只能缄口不言了。只见他近乎哀求地望了年轻姑娘一眼。

"对了，普律当丝，"她接着说，"我请你帮忙办的事你办好了没有？"

"办好了。"

"那就好，你待会儿再告诉我吧。我们有的谈了，在那之前你可别走呀。"

"我们一定打扰到你们了。"我说，"既然我们，不如说是我，已经完成了第二次自我介绍，那就请您把第一回见面的事情忘了吧。我和加斯东先告辞了。"

"我完全没有这个意思，我这话不是说给你们听的。恰恰相反，我很希望你们留下来。"

伯爵掏出一块十分讲究的表，看了一眼时间。

"到点了，我该去俱乐部了。"他说。

玛格丽特没有做出任何表示。

伯爵便离开了壁炉，走向她说：

"再会，夫人。"

玛格丽特站起身来。

"再会，亲爱的伯爵，您这就要走了？"

"是的，恐怕我惹您厌了。"

"您今天并未比平时更讨厌。我们什么时候再见面啊？"

"等到您乐意见我的时候。"

"那么，再会吧！"

必须承认，她的确做得冷酷无情。

幸而伯爵受过良好的教育，涵养又好。他只是吻了一下玛格丽特漫不经心地伸出的手，和我们道别后就离开了。

在跨出门的那一刻，他看向了普律当丝。

她耸了耸肩，似乎在说：

"你要我怎么办呢？我已经尽力了。"

"纳尼娜！"玛格丽特叫道，"给伯爵照一下路。"

只听得门开启又关上的声音。

"他终于走了！"玛格丽特又回到会客室，嚷嚷道，"这个家伙真叫我难受！"

"亲爱的孩子，"普律当丝说，"你待他也太坏了，可他呢，对你又体贴又殷勤。就拿壁炉上他送你的这块表来说，我敢肯定他至少为此花了一千埃居[1]。"

说着,普律当丝走近壁炉,把玩起她适才提及的饰品,目光中充满了贪婪。

"亲爱的,"玛格丽特坐到钢琴前说,"一旦我把他送我的东西和他对我说的话放到天平的两端称的话,我就觉得这么接待他是便宜了他哩!"

"这个可怜的年轻人爱上你了。"

"如果我必须听每一个爱慕我的人倾诉衷肠的话,我恐怕连吃晚饭的时间也没有了。"

她随便弹了会儿琴,然后转身对我们说:

"你们要吃点什么吗?我想喝一点潘趣酒[2]。"

"我很想来点鸡肉。"普律当丝说,"你们呢?要吃点消夜吗?"

"好,我们出去吃吧。"加斯东说。

"不,就在这儿吃。"

她拉了铃,纳尼娜进来了。

"让人送点消夜来。"

"要吃什么?"

"随便你,但要快,马上送来。"

纳尼娜退了出去。

"好了,"玛格丽特像个孩子一样蹦蹦跳跳,"我们来吃消夜吧。那个讨厌的蠢蛋伯爵!"

我每多端详一会儿这个女人,就对她多一分迷恋。她美得不

---

1 埃居:法国的一种古货币,1埃居等于6法郎。
2 潘趣酒:一种特色混合饮料,通常含有水果或果汁,分为含酒精饮料和无酒精饮料两类。

可方物,就是瘦也瘦得别具风韵。

我陷入了沉思。

就算是我本人,也很难解释得清自己身上到底发生了什么。我完全谅解了她的生活方式,醉心于她的美貌。她拒绝的是一个年轻富有、过着上流生活的男人,他随时准备为她倾家荡产。这种冷漠的表现被我尽收眼底,让我原谅了她以往的一切过错。

在这个女人身上,有一种天真的特质。

我们可以发现,她依然保有一颗赤子之心。她沉毅的步伐,柔软的身段,一张一翕的玫瑰色鼻孔,周围微微泛蓝的大眼睛,无不揭示了她身上与生俱来的热情气质,散发出一种情欲的香气,就像东方香水无论封得再怎么严实,内里液体的香气还是会跑出来一样。

总之,无论是出于天性,还是受到疾病的影响,这个女人的眼里时不时会闪过一丝情欲的光芒,这对她爱的人来说,不啻为一种天启。爱过玛格丽特的人固然数不胜数,然而,她爱过的人尚未出现呢。

一句话,我们在这个姑娘身上发现了一个因造化弄人而沦落风尘的处子,又发现了一个妓女,但这个妓女稍加引导就能迷途知返,变回最可爱、最纯洁的贞女。玛格丽特身上还残留着几分傲气和自立精神,它们一旦受挫便会代行羞耻心的职能。我什么也没有说,我的灵魂似乎整个涌入了我的心田,而我的心灵又钻进了我的双眼。

"所以,"她突然捡起了话茬,"是您在我卧病期间每天都来打听我的病情?"

"是我。"

"您知道吗,您的这种行为非常高尚,我要怎么报答您呢?"

"请允许我时不时来您府上叨扰。"

"下午五点到六点,半夜十一点到十二点,您想什么时候来就什么时候来。对了,加斯东,请你弹一支《邀舞》[1]。"

"为什么?"

"一来是为了让我开心,二来是因为我自己弹不了。"

"哪一段把你给难住了?"

"第三段,升高半音那一节。"

乐谱已经摊在谱架上。加斯东站起身来,坐到钢琴前,美妙的旋律开始从他指间流淌出来。

玛格丽特一只手撑在钢琴上,双眼紧盯着乐谱,低声跟唱每一个音符。当加斯东弹到她说的那段时,她用手敲着琴背,低声唱着:

"来、咪、来、哆、来、发、咪、来,就是这儿我弹不下去,请再弹一遍。"

加斯东又弹了一遍,然后玛格丽特对他说:

"现在让我来试试。"

她坐到位子上弹起来,但她的手指在弹到那几个音符的时候总是不听使唤。

"这可能吗?"她用孩子气十足的口吻说,"我难道永远也弹不会这段了吗?你们知道吗,有时我甚至会练到凌晨两点!可那

---

[1] 《邀舞》:德国作曲家韦伯所作钢琴曲。

个蠢蛋伯爵连谱子都不用看,就能把这段弹得极好,我大概就是因为这事才这么烦他。"

她又开始弹,但总是重蹈覆辙。

"让韦伯、乐谱和钢琴都见鬼去吧!"说着,她把乐谱扔到了房间的另一头,"我哪有本事连弹八个高半音啊!"

她环抱双手看着我们,还跺起了脚。

她涨红了脸,开始轻声咳嗽。

"瞧瞧你,"普律当丝此时已脱掉了帽子,正在对着镜子整理头发,"你又在发火了,这样只会害得自己不舒服。我们去吃消夜好吗?我快饿死了。"

玛格丽特又拉了一回铃,然后坐回钢琴前,开始低声弹唱一支轻佻的歌曲,这次她一丁点儿错误也没犯。

加斯东会唱这首歌,他加入进去,两个人来了一段二重唱。

"请别唱这些下流玩意儿了。"我好声好气地对玛格丽特说,几乎是在恳求。

"您可真是个体面人!"她对我嫣然一笑,向我伸出手来。

"这不是为了我,而是为您好。"

玛格丽特比了一个手势,大概是说:我和"贞洁"这玩意儿已经长久不相往来了。

正在此时,纳尼娜来了。

"消夜准备好了吗?"玛格丽特问。

"是的夫人,马上就来。"

"话说,"普律当丝对我说,"你还没参观过这间公寓吧,我带你四下看看。"你是见过的,沙龙布置得妙极了。

玛格丽特稍微陪了一下我们,就叫上加斯东一块去餐厅查看消夜的准备情况。

"看,"普律当丝望向架子上的陈设,然后从上面取下一个萨克森产的雕像,高声说,"我怎么不知道你这儿还有这么一样小东西呢!"

"你说哪个?"

"就是一个手里提着鸟笼的小牧羊人,笼里还有鸟呢。"

"你要是喜欢就拿去吧。"

"真的吗?我可不想夺人所爱。"

"我觉得它很丑,本来想送给用人,既然你喜欢,就拿去吧。"

普律当丝只看重礼物,并不在乎是怎么收到它的。她把它放到一边,领我来到化妆室,在那儿她把两幅细密画[1]指给我看,说:

"那是 G 伯爵,他很爱玛格丽特,就是他把她捧起来的。你认识他吗?"

"不认识。这个人呢?"我指着另一幅画问。

"这是小 L 子爵,他是被迫离开的。"

"为什么?"

"因为他几乎破产了,这又是一个为玛格丽特倾倒的人!"

"她也许也很爱他吧?"

"她就是这么一个叫人捉摸不透的姑娘,别人永远猜不透她心里在想什么。他离开的那天晚上,她依旧像往常一样去看演

---

[1] 细密画:波斯艺术的重要门类,是一种精细刻画的小型绘画,题材多为人物肖像、装饰图案或风景,也会描绘风俗故事。

出,但在离别的瞬间,她却又掉了眼泪。"

这时纳尼娜来通知我们消夜已经准备好了。

当我们走进餐厅的时候,玛格丽特正倚在墙上,而加斯东正牵着她的手,对她低声说着什么。

"你疯了,"玛格丽特回答他,"你很清楚我对你没那个意思。像我这种女人,你是不能在认识了两年以后才求爱的,要么上来就直奔主题,要么永远别动这个念头。来吧,先生们,请入席吧。"

玛格丽特从加斯东那里抽出手来,安排他坐在自己左边,让我坐在她右边,然后对纳尼娜说:

"你先别忙着坐,去告诉厨房的人,除非有人拉铃,否则谁也不许进来。"

她吩咐这些事的时候,已是凌晨一点了。

我们笑着,吃着,喝着。没过多久,众人的兴致已达极点,伴随着纳尼娜、普律当丝和玛格丽特的欢呼声,众人开始时不时地讲一些平时难以启齿的下流话,这些话在某些圈子里是很能助兴的。加斯东显然乐在其中,这个小伙子本性不坏,但灵魂却因早年的不良经历多少有些腐化了。有那么一瞬间,我想要随波逐流,眼前的乱象不值得我为之痛心疾首,干脆加入进去,就只当这是酒桌上的又一道佳肴。但渐渐地,我还是跟这片吵闹声分隔开了,我杯中的酒不再见少,看到这个二十岁的佳人像一个脚夫一样狂饮烂醉、口吐鄙语,别人说的话越腌臜,她笑得越来劲儿,我的心情几乎可以用悲伤来形容了。

话说回来,这副寻欢作乐的样子,这种狂饮浪语的作风,于其他同席者是环境、习惯和天性使然；而于玛格丽特则是出于忘却现实的需要、出于狂热的欲望、出于神经质的发作。每有一杯香槟下肚，她的双颊就覆上一层有如发烧般的红晕。除此之外，她开始咳嗽，一开始还很轻，后来越咳越厉害，她不得不头朝后仰靠在椅背上，每次咳嗽都要用双手压住胸膛。

我一想到本就体弱多病的她还要每天过这样的生活，就不禁感到心痛。

终于，我之前预感到并暗自担心的事还是发生了。在消夜行将结束之时，玛格丽特又开始咳嗽，这次比之前任何一次都剧烈，就好像她的胸腔内部被撕裂了一般。可怜的姑娘脸红得发紫，痛苦地闭上了眼，用来捂嘴的手绢转眼便被一滴鲜血染红。接着，她起身奔进了化妆室。

"玛格丽特怎么了？"加斯东问。

"她笑得太疯了，咯了点血出来罢了。"普律当丝解释道，"哦！这没什么，她每天都这样。她一会儿就回来，让她一个人待着，她更喜欢那样。"

至于我，我可没法坐视不管，尽管普律当丝和纳尼娜惊讶地唤我回来，我还是义无反顾地冲出去找玛格丽特。

第十章

在她藏身的房间里,只有桌上点了一根照明的蜡烛。她的裙子已经散开,人仰面朝天躺在一张大沙发上,一只手按住心口,另一只手就那么垂着。桌上的银脸盆里有半碗清水,水中漂浮的血丝宛若大理石表面的图案。

玛格丽特脸色惨白,半张着嘴,努力想要调匀呼吸,她时不时鼓起胸膛,然后长出一口气,这样似乎能稍微缓解一下她的症状,让她获得几秒钟的喘息。

我靠近她,她没有做出任何反应。我坐下后握住了她搭在沙发上的那只手。

"怎么,是您啊?"她微笑着对我说。

大概我当时看上去很是慌张,因为她又补了一句:

"莫非您也病了?"

"没有,您呢,您还觉得难受吗?"

"不碍事了,"说着,她用手帕擦去咳出来的眼泪,"我现在已经习惯了。"

"夫人,您这样下去会要了自己的命的。"我的声音异常激动,"我想成为您的朋友、您的亲人,也许这样我就能阻止您糟蹋自己的身体。"

"啊,您真的不必如此为我费心。"她的语气带着几分辛酸,"您看其他人有哪个会担心我,因为他们很清楚,对于这种病做什么都是无济于事的。"

说完,她站起身来,把蜡烛放到壁炉上,照起了镜子。

"我的脸色可真白!"她边说边把裙子系好,用手指撩了撩凌乱的头发,"好了,我们回餐桌上去,来吧!"

但我还是坐在原地一动不动。

她知道我被适才那一幕激起了情感上的波动,于是走近我,把手伸给我说:

"看看您,走吧。"

我接住她的手,将它举到嘴边吻着,再也抑制不住自己,两行清泪情不自禁地落下,打湿了她的手。

"又怎么了?您真像个孩子!"说着,她又挨着我坐下,"您又哭上了,您这是怎么了?"

"您一定觉得我傻气十足,但我刚刚看到的景象实在叫我痛苦万分。"

"您也太好了!可您要我怎么办呢?我睡不着觉,总得做点什么解闷吧。再说了,像我这种姑娘,多一个少一个,又有什么关系?大夫说我咯的血是从支气管里出来的,我装出相信的样子,这是我能为他们做的全部了。"

"听我说,玛格丽特,"说这话时,我已经完全无法抑制自己的感情,"我不知道您将会对我的人生产生何种影响,但我知道眼下我最挂念的除了您以外再无旁人,即便是我亲妹妹也比不上。自从我见到您的那一天起,我就变成这样了。拜托,看在老天爷的分儿上,好好爱护自己的身体,别再像从前那样生活了。"

"如果我爱护自己的身体,那我就离死不远了。支撑我的正是我过的这种浑浑噩噩的生活。而且爱护身体这档子事儿只适用于那些上流社会的贵妇人,她们有家人和朋友,而我们这样的人,一旦无法继续满足情人的虚荣心,满足不了他们寻欢作乐的需要,就会被无情地抛弃,等待我们的将是一个个漫长的日夜。我可什么都明白,就拿这次来说,我在床上躺了两个月,但过了头三个星期,就再也没人来看我了。"

"是,我是算不上您什么人,"我又说,"但只要您愿意,我就会像亲兄弟一样照顾您。我不会抛下您,我会把您治好。等您的力气恢复了,如果您还执意要过原来的生活,认为那样更好,我绝不拦着。但我敢说,您肯定会更喜欢一种清静的生活,它会让您更加幸福,您的美貌也将得到保存。"

"您今晚会这么想,是因为您在酒精的影响下变得多愁善感。别看您现在信誓旦旦,过后这份耐心就会被抛之脑后的。"

"请允许我提醒您一件事,玛格丽特,您病了两个月,而在此期间,我每天都到您府上来探听病情。"

"虽然是这样,那您为什么不上楼来呢?"

"因为我当时还不认识您。"

"跟我这样一个女人还会不好意思吗?"

"我在女人面前总是手足无措,至少我是这样认为的。"

"所以,您会照顾我吗?"

"会的。"

"您会每天陪在我身边吗?"

"会的。"

"晚上也一样吗?"

"只要您不嫌弃,我愿意时刻陪在您身边。"

"您把这种行为叫作什么呢?"

"忠诚。"

"这份忠诚从何而来?"

"它来自我对您无法抑制的同情。"

"也就是说您爱上我了?是的话现在就说出来,这样省事得多。"

"可能吧,但即便有一天我要对您表白心意,也不是在今天。"

"那您最好永远也不要对我讲。"

"为什么?"

"因为这样做只会产生两种后果。"

"哪两种后果?"

"要么我拒绝您的表白,那样我就会招来您的怨恨;要么我接受您,那您会得到一个忧郁的情妇,她神经兮兮、体弱多病、伤春悲秋,高兴的时候比悲痛的时候更可悲。她不仅老是咯血,而且一年的开销足有十万法郎之多,对公爵这样有钱的老头来说是挺好,但对您这样的年轻人来说就太无趣了。我以前的年轻情人都很快离开了我,这就是证明。"

我一言不发地听着。这番肺腑之言几近告解,使我得以窥破被她华丽的外表所掩盖的痛苦生活。可怜的姑娘或放浪形骸,或借酒浇愁,或夜不能寐,以此来逃避现实。这一切都深深地震撼了我,使我说不出一句话来。

"不说这个了,"玛格丽特接着说,"我们像孩子一样在说胡话。把手给我,我们回餐厅去吧,别叫他们知道我们溜出去干了些什么。"

"如果您觉得应该回去,就请回去吧。但请允许我留在这里。"

"为什么?"

"因为您的快乐让我十分痛苦。"

"那样的话,我会难过的。"

"听着,玛格丽特,请让我对您说一件事。您大概经常从别人口中听到类似的话,听多了也就不太把它当回事。可我说这话是发自真心的,而且我只会说一次。"

"所以您究竟想说什么?"她的脸上带着微笑,是年轻母亲在听孩子说话时常有的那种笑容。

"我想说,自从我见到您的那一刻起,也不知怎的,您就在我的生命中占据了一个位置,我曾想将您忘掉,但我做不到,您的倩影总是会浮现在我的脑海之中。尽管我已有足足两年没有见到您了,但今天与您重逢后,我发现您在我的心灵和精神层面所占的分量更重了。最后,您今天接待了我,我对您有了更多了解,窥见了您与众不同的经历,您之于我已经不可或缺。莫说您不爱我,就是您不允许我爱您,我也是要发疯的!"

"虽然您如此不幸,我还是要用 D 太太[1]的话来回应您:'那

---

[1] D 太太:即普律当丝·迪韦努瓦。

么您一定很有钱咯！'可惜您有所不知，我每个月要花掉六七千法郎，而且这笔开销对我的生活是必要的。难道您不知道我会转眼把您榨干，您家里要是知道您跟我这样一个女人厮混，会当即断绝您的经济来源？您尽管爱我吧，但是要以朋友的身份，而不是别的什么。您尽管来看我，我们可以一块谈笑风生，但别把我太当回事，我配不上。您心肠好，您需要被人爱，您太年轻也太敏感了，适应不了我们这个世界。您还是去找个有夫之妇吧。您看，我是多么实在的一个姑娘，有什么就说什么。"

"哎呀，你们在这儿搞什么鬼呢？"我们没有听到普律当丝的脚步声，等听到她说话的时候，她已经靠在房间门口，只见她头发散乱，衣衫不整，多半是加斯东的手做的好事。

"我们在谈正事，"玛格丽特应道，"让我俩再待一会儿，马上就来找你们。"

"好吧，好吧，你们谈个够吧，孩子们。"普律当丝退了出去，带上了门，似乎是为了加重她最后几句话的语气。

"那就这么说定了。"等到只剩我们两个人的时候，玛格丽特接着说，"您不要再爱我了吧？"

"我现在就走。"

"您对我的感情已经这么深了吗？"

我已经陷得太深了，无法抽身，何况这个姑娘搅得我意乱神迷。快乐和悲伤，纯洁和淫欲，它们混在了一起，再加上那种会使她分外敏感易惹的疾病，无不让我意识到，如果我不在最开始就控制住这个健忘又轻浮的女人，我就会永远失去她。

"那么，您是来真的吗？"她问道。

"我是非常认真的。"

"可是您为什么不早些告诉我呢?"

"我哪儿来这样的机会?"

"您在喜歌剧院被介绍给我的第二天不就可以吗?"

"我以为假如我那个时候就登门拜访,您不会给我好脸色看的。"

"您为什么这么想?"

"因为我前一晚的言行实在滑稽。"

"这倒是真的,但您那个时候就爱上我了?"

"是的。"

"即便如此,这也没碍着您看完戏后回家陷入安详的梦境,所谓的伟大的爱情不过如此,人人都心知肚明。"

"您这么说就错了,您知道在喜歌剧院那晚我做了什么吗?"

"我不知道。"

"我在英国咖啡馆门口等您,尾随您和您三个朋友乘坐的马车一路到了您家门口。当我看到您独自一人下车回家的时候,感到无比幸福。"

玛格丽特笑了。

"您笑什么?"

"没什么。"

"我求您了,请告诉我,不然我只好认为您又在嘲笑我了。"

"我说出来,您不会生气吗?"

"我为什么要生气呢?"

"我一个人回家是有非常充分的理由的。"

"什么理由?"

"因为有人在家里等我。"

就算她当场捅我一刀,也不会比这句话更让我痛苦。我站起身,向她伸出手去。

"再会了。"我对她说。

"我就知道您会生气。"她说,"男人总是急着要知道会伤自己心的事。"

"但我向您保证,"我用一种冷漠的口吻说,仿佛要向她证明我已经一劳永逸地摆脱了激情的纠缠,"我向您保证我并没有生气。有人在家等您没什么好大惊小怪的,就像现在是凌晨三点所以我要告辞一样,是最稀松平常的事。"

"您家里也有个人在等着您回去吗?"

"那倒没有,但我必须告辞了。"

"那么,再会了。"

"您这是在下逐客令吗?"

"哪儿的话。"

"您为什么要折磨我?"

"我哪折磨您了?"

"您告诉我有人在家里等您。"

"当我看到您为我独自一人回家感到如此幸福,而这件事又有一个如此绝妙的理由的时候,我怎么能忍住不笑呢?"

"人经常会收获如孩童般的快乐,摧毁这种快乐是卑劣的,而任由它持续下去,就能让拥有这份快乐的人更加幸福。"

"可您以为自己在跟什么人打交道?我既不是一个黄花闺女,

也不是一位公爵夫人。我今天才认识您,没有向您汇报行踪的义务。就算有朝一日我会同您相好,您也应该知道我有过很多情人。如果您还没有成为我的情人就开始大吃飞醋,将来得闹成什么样?当然,前提是有这样一个将来。我从来没见过像您这样的男人。"

"那是因为从未有人像我一样爱过您。"

"好吧,您说实话,您真的很爱我吗?"

"我想,能有多爱就有多爱。"

"从什么时候开始的?"

"是从三年前我看到您从马车上下来,走进苏斯商店开始的。"

"您知道吗,这太美好了。那么,我能做些什么来回报您这份伟大的爱呢?"

"请您也给我一点爱。"说这句话的时候,我的心脏剧烈地跳动。我之所以会这样,是因为尽管玛格丽特依然全程带着讥讽的微笑,但我察觉到她的心头似乎开始泛起涟漪,我期盼已久的时刻正在慢慢到来。

"公爵那里要怎么应付呢?"

"哪个公爵?"

"那个爱吃醋的老头。"

"他什么也不会知道。"

"假如他知道了呢?"

"他会原谅您的。"

"才不会呢!他会直接抛弃我,到时我该怎么办?"

"您不是也在为别人冒这个风险吗?"

"您怎么知道的？"

"您吩咐不让任何人进来的时候，我就明白了。"

"是这样没错，可这位朋友是个正经人。"

"都这个点了您还把他拒之门外，恐怕您对他也不是那么上心吧。"

"您可没资格责备我，这还不是为了招待您和您的朋友。"

我一点点接近玛格丽特，双手搂住她的腰，只觉她柔软的身子轻轻倚在我交叉的双手上。

"真希望您能知道我有多爱您！"我低声对她说。

"真的吗？"

"我发誓。"

"好吧，如果您能保证一切照我的意思办，不反抗我，不监视我，不审问我，我也许可以爱您。"

"只要您开口，我什么都听您的！"

"我把话说在前头，我要随心所欲的自由，别指望我向您汇报我生活中的任何一点细节。很久以来，我一直在找一个年轻的情人，他要对我言听计从，要爱我，但不要疑心生暗鬼；要被我爱，但不要希冀回报。我始终没有找到这样一个人。一旦男人长久地占有了他们曾经想都不敢想的东西，他们就会变得贪得无厌，进而要求情妇将她们的过去、现在甚至将来的情况据实以告。随着关系的深入，他们就变得极具控制欲，女人退一步，他们就进三步。如果我决定要收一个新情人的话，我希望他有三种罕见的品格：信任、服从和谨慎。"

"那么，我将一丝不苟地照您说的去做。"

"等着看吧。"

"我们什么时候再见面?"

"再过段时间。"

"为什么?"

"因为,"玛格丽特从我怀里挣脱出来,从一大束早上送来的红茶花里拣出一朵,插在我纽扣的孔里说,"因为没有人会在签订合约当天就开始履约,这很好理解吧。"

"我什么时候能再见到您呢?"说着,我再次将她紧紧揽入怀中。

"等茶花变了颜色。"

"可它什么时候才会变颜色呢?"

"明晚十一点至十二点,您满意了吗?"

"这还用问吗?"

"关于这件事,不要对您的朋友或普律当丝透一点口风,谁都不要讲。"

"我向您保证。"

"现在,吻我一下,然后我们就回去吧。"

她的双唇凑了上来,然后她又整理了一遍头发,我们走出了房间,她唱着歌,而我几乎已经陷入疯狂状态。

到客厅时她突然停了下来,压低了声音对我说:

"您一定很纳闷,我怎么这么快就接受了您。您知道其中的缘由吗?这是因为……"她把我的手按在她心口,我能感受到她的心脏在剧烈地跳动,她接着说,"这是因为我的寿命注定要比别人短,所以我下定决心要活得更痛快些。"

"我求求您了,别再对我说那样的话。"

"噢,您放宽心,"她笑着继续说,"尽管我活不了多久了,但还是会活得比您对我的爱更久一些。"

说完她就哼着曲儿走进了餐厅。

"纳尼娜呢?"她发现餐厅里只剩下加斯东和普律当丝了,于是问道。

"她去你房间睡了,等着伺候你上床。"普律当丝答道。

"小可怜,我要累死她了。来吧先生们,时候不早了,请自便吧。"

十分钟后,加斯东和我走出了公寓。玛格丽特和我握了握手,同我道了别,而普律当丝还留在她那里。

"我说,"等我们到了街上,加斯东问我,"你怎么看玛格丽特?"

"她是个天使,我被她迷倒了。"

"我不太信,这话你跟她说过了吗?"

"说了。"

"她说她相信你了吗?"

"没说。"

"普律当丝可不一样。"

"她说了?"

"岂止说了,好朋友!你不会相信,她还很够劲儿呢,这个胖女人,迪韦努瓦夫人!"

第十一章

故事讲到这里,阿尔芒停了下来。

"能请你把窗关上吗?"他对我说,"我觉得有点冷了。你关窗,我且去床上躺着。"

我关上了窗。阿尔芒身体还很虚弱,脱去了室内穿的便袍后就爬上了床,把头靠在枕头上歇了一会儿,像是赶了很远的路后精疲力竭的旅人,又像是被痛苦的回忆纠缠不休的人。

"你是不是讲得太久了?"我对他说,"要不我先回去,你好睡一觉?改天你再给我讲完这个故事也不迟。"

"我说的事让你觉得无聊吗?"

"恰恰相反。"

"那就让我说下去吧,就算你留我一个人,我也是睡不着的。"

我回到家后——他接着说了下去,由于他脑海中的一切细节都是那么鲜活,因此完全不需要费工夫去想——没去睡觉,而是重新回味这天的奇遇:从相遇到相识,再到玛格丽特当面应允我,一切都来得这么快,完全出乎我的意料,我甚至以为自己只不过是做了一场梦。然而对于一个像玛格丽特这样的姑娘来说，在男人初次求爱当天就答应第二天满足他的心愿，也不是第一次了。

尽管我想到了这一层，但我未来的情妇给我留下的第一印象实在是太深刻了，任什么杂念也无法动摇它。我依然执意认为她和其他的姑娘不一样，出于男性特有的虚荣心，我相信她对我的迷恋和我对她的一样强烈。

然而我眼皮底下就有一些自相矛盾的例子，我也经常听说玛格丽特的爱情就像商品的价格一样，随季节更替而忽高忽低。

但话又说回来，尽管她的名声素来不佳，但她坚决拒绝年轻伯爵的场面乃是我们亲眼所见，这又要作何解释呢？

也许你会说这是因为他不称她的意，既然她在公爵的庇护下过得很滋润，要再找一个情人，自然是想找个自己喜欢的。如果是这样，为什么她不要加斯东？他为人讨喜又机灵，家里还挺有钱。她为什么反而看上了我这个初次见面就出尽洋相的人呢？

这样看来，有时候一分钟的机缘巧合真的要胜过一年的苦苦追求。

那次一起吃消夜的人中，只有我为她的离席而忧心。我跟着她出去；我激动得难以自已；我在吻她的手时泪洒当场。这一桩桩一件件，再加上我在她卧病两个月期间每日探视，让她在我身上看到了和她之前认识的男人完全不一样的地方，也许她私下里想，面对用这样一种方式表达出来的爱情，她大可以像过去许多次那样应对，反正这种事已经不怎么能触动她了。

你看，以上种种猜想都不无可能。但无论原因是什么，有一件事是确定的,那就是她接受了我。

我爱着玛格丽特,既然马上就能拥有她,我就不应该向她要求更多了。然而,我要向你重复这一点,尽管她是一个妓女,我在之前总是 —— 也许为了把她浪漫化 —— 把这次恋情看作是无望的,但美梦成真的时刻越近,我反而越发不安了。

我一夜没合眼。

我如坠云中,几近痴狂。我一会儿觉得自己既不够英俊,又难言富有,风流就更谈不上了,哪里配得上拥有这样一个女人;一会儿又为能占有她而感到扬扬自得。接着,我又开始担心玛格丽特只是一时兴起,过不了几天就会对我感到厌烦。既然已经预感到这段恋情将草草收场,我心中暗忖,晚上最好不要去她家赴约,而是应该把我的疑虑写成信寄给她,接着就离开这里。然后,我又生出了无限的希望和信心。我做了一些有关未来的美梦。我暗自发誓,要医好这个姑娘肉体和精神层面的双重创伤,要用一生来陪伴她,她的爱将比最纯洁的爱更能让我幸福。

总之,我没法向你一一细数我脑海里生出的所有念头。直到天光放亮,而我也进入了梦乡,它们才渐渐散去了。

我醒来时已是下午两点。天气好极了。我从来没有觉得人生像今天这样美好和充实。昨晚的景象又浮现在我脑海之中,这次它不再阴云密布,不再命运多舛,反倒让我美美地期待着今晚的约会。我赶紧穿好衣服,感觉自己什么好事都愿意做。我的心脏因为喜悦和爱情而不时在胸膛里怦怦直跳。一种甜蜜的激情搅得我心神不宁。昨晚睡前困扰我的种种顾虑已被我悉数抛至脑后。我只看到了结果,一心只盼望着与玛格丽特相会的时刻。

我在家再也待不住了。我的卧室此刻显得那么逼仄，根本容不下我的幸福，我需要倾诉衷肠，为此要拉上整个大自然来当听众。

我走出家门。

我经过安坦街，看到玛格丽特的马车在外面等她，我朝香榭丽舍大街走去。路上就算遇到不认识的人，也叫我感到喜欢！

爱情的魔力把一切都变得那么美好！

我在马尔利石马像[1]和圆形广场之间游荡了一小时，我远远望见了玛格丽特的马车，说实话，我不是认出它的，而是猜出来的。

马车在香榭丽舍大街拐弯时停了下来。从路边一群正在交谈的人中走出一个高个儿年轻人，他迎向马车去跟玛格丽特讲话。

他俩交谈了几句后，年轻男子便回到他的友人身边，马车又驶走了。走近那群人时，我认出了那个跟玛格丽特交谈的年轻人是G伯爵，我曾在玛格丽特家看过他的画像，普律当丝也将玛格丽特今日之地位归功于他。

他就是昨晚玛格丽特吩咐挡驾的那个人，想来她叫停马车是为了向他解释昨天的事，同时我又暗自希望她能为今晚的闭门谢客找一个新的理由。

我是怎么度过当天剩下的时间的，我已记不清了。我游荡，我抽烟，我和人聊天，然而直到晚上十点前，我说了什么，又遇见了什么人，我一点也记不起来了。

---

[1] 马尔利石马像：一对由白色大理石雕刻而成的马塑像，出自纪尧姆·库斯图之手。

我唯一记得的是我回到家后在卫生间打扮了三个小时,我还无数次地看向家里的钟表,可惜它们都走得那么慢。

十点半的钟一响,我觉得是时候出发了。

当时我住在普罗旺斯街,我沿着蒙布朗街前进,穿过林荫大道,又走过路易大帝街和马翁街,最后来到安坦街。我望向玛格丽特家的窗户。

她家里的灯亮着。

我拉响了门铃。

我向看门人打听戈蒂埃小姐是否在家。

他告诉我她从不在晚上十一点一刻以前回来。

我看了看表。我以为自己走得很慢,实际上只花了五分钟就从普罗旺斯街走到了玛格丽特家。

于是我只能在这条没有商店,此时此刻已经空无一人的大街上游荡。

过了半小时,玛格丽特回来了,她一下马车就四处张望,好像在找什么人。

马厩和车棚并不在这里,所以马车驶走了。就在玛格丽特即将拉响门铃之时,我凑近她说:

"晚上好!"

"怎么,是你?"她回答时的语气好像她并未因为看到我而感到快活。

"不是你允许我在今晚来拜访你的吗?"

"倒是有这么一回事,我给忘了。"

这句话浇灭了我清晨的遐想和日间的希冀。即便如此,我已经开始适应这种相处方式，并不会使性子。换作以前，我是肯定要一走了之的。

我们走进了公寓。

纳尼娜已经提前打开了门。

"普律当丝回来了吗？"玛格丽特问道。

"没有，夫人。"

"去传个口信，让她一回来就上我这儿来。不过你先去把客厅的灯关了，如果有人来，就说我还没回来，今天也不会回来了。"

她显然有心事，也可能是在躲哪个讨厌鬼。我不知道自己应该做些什么或是说些什么。玛格丽特向她的卧室走去，而我依旧呆在原地。

"来吧。"她对我说。

她脱下帽子和天鹅绒大衣，把它们扔到床上，自己则瘫倒在壁炉旁的一张大扶手椅里。壁炉的火照她的吩咐一直燃到初夏才会熄灭。她玩弄着怀表的链子，问我：

"那么，你有什么新鲜事要说吗？"

"什么也没有，但似乎我今晚不该来。"

"为什么？"

"因为你看上去不太痛快，大概是我打扰到你了。"

"你多虑了，我只是生病了，今天难受了一整天。我昨晚没睡好，头疼得要命。"

"要不我先回去，好让你上床休息？"

"哦，你尽管待着好了。如果我想睡，你在我也睡得着。"

这时，有人拉响了门铃。

"又是谁啊?"说着,她比了个不耐烦的手势。

过了一会儿,铃又响了。

"没人应门吗?还得我亲自去开不成?"

于是她站起身对我说:

"在这儿等着。"

她穿过公寓,我听到大门打开的声音。

我仔细听着。

来者在餐厅停下,他刚开口说话,我就听出是 N 伯爵。

"您今晚身体感觉如何?"他问道。

"不好。"玛格丽特回答得很生硬。

"我打扰到您了吗?"

"也许吧。"

"您为什么要这么对待我?我哪儿得罪您了,亲爱的玛格丽特?"

"亲爱的朋友,您什么都没有做错。只是我病了,需要上床休息,所以如果您能识趣点打道回府,我将会非常高兴。每天我一回到家,您就准会在五分钟内现身,快把我烦死了。您到底想要怎么样呢?想要我当您的情妇吗?关于这点,我已经跟您说过无数次了,不行!对您我讨厌极了,您到别处去碰运气吧!我今天最后跟您说一遍:我不要您!听明白了吗?再会。看,纳尼娜正好回来了,她会替您照亮的,晚安。"

一口气说完这番话后,玛格丽特完全无视那个小伙子结结巴巴的辩解,径直回到自己的房间狠狠地摔上门。紧接着,纳尼娜立即从这扇门进来了。

"你听到我说的话了。"玛格丽特对她说,"以后这蠢货再来,你就说我不在或者我不愿意见他。我真的受够了,这些男人一刻不停地来向我提同样的要求,以为只要给钱就能和我两不相欠了。要是那些刚入行的姑娘看清这行到底是怎么回事,她们宁愿去当用人,也不愿做这下流的营生。可是有什么办法呢?漂亮的衣服、气派的马车和亮晶晶的钻石都在撩拨着我们的虚荣心,驱使我们去追逐它们。别人说什么娼亦有道的鬼话,我们还当真了。就这样,我们的心灵逐渐干涸,肉体日益干瘪,美貌也一点点地凋敝。人们像害怕猛兽一样害怕我们,像鄙视贱民一样鄙视我们。围着我们转的只剩这样的人:凡是他们在我们身上付出的必定要从我们身上加倍讨回去,决不会让我们占了便宜。最后,等到把自己和别人都毁了的时候,我们就会像一条丧家狗那样死去。"

"夫人,您冷静点。"纳尼娜说,"您今晚神经紧张得过头了。"

"这条裙子勒得我难受。"说着,玛格丽特开始扯胸衣的搭扣,"给我拿件浴袍来。话说普律当丝那儿怎么样了?"

"她还没回家,不过她一到家就会过来。"

"这儿又是一位,"说着,玛格丽特脱下裙子,换上一件白色浴袍,"这位女士在有求于我的时候,怎么都能找着我,但又不愿诚心诚意地帮我一回忙。她明明知道我今天晚上在等回音,知道我必须等到答复,我很着急,但我可以肯定她没把我的事放在心上,自己玩去了。"

"也许她被什么事绊住了。"

"给我们做点潘趣酒。"

"您又要给自己找不痛快了。"纳尼娜说。

"那倒好了！再拿点水果和馅饼，要么来只鸡翅膀。要快，我饿了。"

不用我说，你也一定猜到这个场景让我想到了什么。

"你跟我一块吃。"她对我说，"不过我要先去化妆室待一会儿，你自个儿找本书看吧。"

她点燃了一支烛台上的蜡烛，打开床脚边的门走了出去。

而我则开始检视这个姑娘过的是怎样一种生活，我对她的爱因怜悯而越发炽烈了。我一面想着，一面在房里迈着大步来回走动，这时普律当丝进来了。

"哟，你在这儿？玛格丽特去哪儿了？"

"在化妆室里。"

"那我等她。对了，你知道吗，她很中意你。"

"不知道。"

"她一点儿口风都没透给你？"

"完全没有。"

"那你来这儿干吗？"

"我就是来看看她。"

"在深更半夜？"

"为什么不行呢？"

"骗子！"

"而且她接待我的时候很不客气。"

"她的态度马上就会好了。"

"你怎么知道？"

"因为我给她带来了一个好消息。"

"那还不错,所以她跟你提到过我?"

"昨天夜里,或者应该说今天凌晨,也就是你和你朋友走后那会儿。对了,你那朋友人怎么样?我记得他是叫 R. 加斯东,对吧?"

"对。"我答道,想到加斯东当时是如何在我面前夸夸其谈的,现如今普律当丝却连他的名字都记不真切,我就不禁觉得好笑。

"这个小伙子人挺好,他是干什么的?"

"他一年有两万五千法郎的进账。"

"哇,真的吗?还是说回你的事吧,玛格丽特向我打听了你的事,你是谁,你做什么,你跟哪些女人来往过,总之就是把你这个年纪男人的那些事里里外外全问明白了。我把自己知道的全告诉她了,还加了一句,说你是个有魅力的小伙子。就是这样。"

"多谢,现在请你告诉我,她昨天请你帮的到底是什么忙啊?"

"昨天其实没有什么,就是让我来帮忙把伯爵撵走。今天倒是真有事,我现在就是来告诉她结果的。"

就在这时,玛格丽特从化妆室走了出来。她头上戴了顶睡帽,让她显得很是娇俏,帽上缀着的黄色束带用行话说叫甘蓝形缎结。

她这副模样实在是妩媚动人。

她光脚穿着缎子拖鞋,还在清理指甲。

"那么,你见过公爵了吗?"她看到普律当丝,便问道。

"当然!"

"他跟你说了什么?"

"他给我了。"

"多少？"

"六千。"

"你带来了？"

"带来了。"

"他看上去有不高兴吗？"

"没有。"

"可怜的男人！"

玛格丽特说这句"可怜的男人"时的语气真是难以形容，她接过六张一千法郎的钞票。

"来得正好。"她说，"亲爱的普律当丝，你缺钱用吗？"

"好孩子，你是知道的，两天后就是15日了，如果你能借我三四百法郎，那就帮大忙了。"

"明天来吧，现在时间太晚，换不了钱了。"

"可别忘了啊。"

"别担心，一块吃点吗？"

"不了，夏尔还在我家等着。"

"所以你爱他爱得发疯咯？"

"何止是发疯，简直就是痴狂！明天见，亲爱的。回见，阿尔芒。"

迪韦努瓦夫人离开了。

玛格丽特打开门，把钞票扔了进去。

"我想睡觉了，你能允许吗？"她露出微笑，走向自己的床。

"我不但允许，而且请求你这么做。"

她把盖在床上的绣花床罩扔到一边后就躺下了。

"现在，"她说，"坐到我边上来，我们来说说话。"

普律当丝没说错，她给玛格丽特带来的消息让她的心情由阴转晴。

"你会原谅我今晚的失态吧？"她牵起我的手问。

"我还准备原谅一万次。"

"你爱我吗？"

"我爱你爱得快疯了。"

"就算我脾气不好也一样吗？"

"怎么样都不会变。"

"你得向我发誓！"

"我发誓。"我低声说。

这时纳尼娜进来了，她端着两个盘子，上面装了一只冷掉的鸡、一瓶波尔多葡萄酒、一些草莓和两副刀叉。

"我没给您调潘趣酒。"纳尼娜说，"波尔多对您更有益。您说呢，先生？"

"当然。"我随口应道。听了玛格丽特那最后几句话，我一时心旌荡漾，还没缓过劲儿来，火热的双眼紧紧盯着玛格丽特。

"好吧，"她说，"把东西放到小桌子上推到床边来，我们自己会弄。你已经连着三天没睡觉，一定累坏了，去睡吧，我这儿没事了。"

"要锁门吗？"

"当然！而且在明天中午之前，谁也不要放进来。"

第十二章

清晨五点,阳光穿过窗帘洒进室内,玛格丽特对我说:

"我要请你离开了,别怪我啊,我也没有办法。公爵每天早上都要来检查,他来的时候,别人会告诉他我在睡觉,他可能会一直等到我醒来。"

玛格丽特的秀发披散着,我捧起她的头,最后吻了她一次,问:

"我们什么时候能再见面?"

"听着,"她继续说,"用壁炉上那把小金钥匙把门打开,然后把它还回来就走吧。白天我会给你写信,信上有我的指示,你应该明白你必须无条件服从我。"

"是的,但如果我想向你讨点什么呢?"

"你想要什么呢?"

"我希望你把这把钥匙交给我保管。"

"我以前从未答应过别人这件事。"

"那么请为我破例吧。我答应你,我爱你的方式和别人的不一样。"

"好吧，那你就拿着吧，但你要记住，这把钥匙派不派得上用场完全取决于我。"

"怎么说？"

"门里面藏了插销。"

"坏心眼！"

"我叫人拆掉吧。"

"你这样算是有点爱我了吧？"

"我也不知道是怎么回事，但似乎就是这样。走吧，我困死了。"

我们又在彼此的怀抱中温存了一会儿，我就离开了。

街上空无一人，巨大的城市还沉浸在梦乡之中。一股清新的气息在街道间涌动，几小时后这里将被鼎沸的人声所淹没。

我感觉这座沉睡中的城市整个属于我，我回忆着迄今为止我曾艳羡过的人，却发现他们当中没有一个比此时此刻的我更幸福。

被一个纯洁的姑娘所爱，首次为她揭开爱情的神秘面纱，这固然是一种莫大的幸福，但也是世上最容易不过的事了。占据一颗涉世未深的心，就像进入一座门洞大开、毫不设防的城市一样简单。教育、责任感和家庭是非常机警的哨兵，但没有哪个哨兵能不被一个十六岁的少女所欺骗。大自然借其爱人之口第一次向她做出了爱情的启示，它越是纯洁，力量也就越强烈。

年轻姑娘的思虑越忠纯，她就越容易委身于人，就算不是献给情郎，也是献给爱情本身。她毫无防人之心，也就因此失去了力量。她们的芳心对于所有二十五岁的男子来说，是只要他们愿意就能拿下的战利品。是，确实有人严密地看管着那些姑娘，而且在她们和外界之间筑起了一道高墙，但修道院的墙还是不够高，母亲的门锁得还是不够牢，宗教的教条规定还是不够到位，没法把这些可爱的小鸟关在笼子里，外人甚至连鲜花都不用扔，就能把她们勾引出去。所以说，这些姑娘该多么渴望了解这个被他人所掩盖的世界；多么相信它是引人入胜的；多么仔细地聆听第一个穿过铁窗向她们诉说世间秘密的声音；多么感激第一只为她们揭开世界神秘一角的手啊！

但被一个妓女托付真心，是一种极其艰难的胜利。她们的灵魂被肉体掏空，心灵被感官灼伤，心肠因放荡的生活而变得坚硬如铁。别人说的情话，她们已经不知道听了多少遍；别人使的伎俩，她们早就见怪不怪；她们曾激起的爱情也已经被自己亲手卖掉了。她们的爱是出于职业习惯，而不是发乎本能。比起在母亲和修道院保护下的处女，她们被自己的如意算盘保护得更好。她们发明"露水情缘"这个词来指代那些自己不时陷入的，与工作无关的恋情。这些恋情之于她们好比是休憩、借口和慰藉，就像是一个盘剥了上千人的放高利贷者，有一天借了二十法郎给一个快要饿死的穷人，没要利息也没立收据，就自以为赎清了罪恶。

此外，当上帝恩准一个妓女获得爱情的时候，这份爱一开始兴许披着宽恕的外衣，然而它总会变成一种惩罚。没有哪种赎罪是不伴随着忏悔的。一个过往经历荒唐至极的女人突然陷入了一场深沉的、真挚的、无法抗拒的爱情，她本来以为自己一辈子都不会产生这种感情。当她表白爱意的时候，她爱上的男人就可以支配她了！他获得了一项残酷的权利，那就是对她说："你为爱情付出的并不比你为金钱付出的多。"说这话的时候,男人将怎样陶醉于自己所拥有的权利啊!

面对这样的责难,她们并不知道该如何证明自己的心迹。就像寓言中说的那样:有一个孩子成天在田里喊"救命啊,熊来了",然后以嘲弄为救他而赶来的农民为乐。直到有一天,真的来了一头熊,他再怎么呼救,上了那么多当的农民也不会相信他了,他终于沦为熊的口中餐。对于这些可怜的姑娘来说,当她们真心爱上一个人的时候,也会落得同样的处境。过去她们撒了那么多次谎,已经没人愿意相信她们了。她们追悔莫及,就这样被自己的爱吞噬殆尽。

那些下定决心从旧生活中退出来的人中,有那么一些人出于对爱情的忠贞,勇敢地洗心革面,为他人做出了榜样。

但是,如果那个激起这份救赎之爱的男人有足够宽大的心胸,能够接纳女方而不去追究她的过去,当他也终于陷入爱河,像女方自己那样爱她的时候,他将一次性体会到所有的人类之爱,并在之后向其他人关上心扉。

以上想法并非在我那天早上回家时产生的,它们最多是我当时对将来的预感。尽管我如此深爱玛格丽特,也未预见到这样的结果。这些念头是今天才产生的。一切已成定局,这些想法只不过是已经发生的事水到渠成的产物罢了。

还是让我们回到这段关系确定后的第一天吧。我回到家时,整个人欣喜若狂。一想到我幻想出来横亘在我和玛格丽特之间的藩篱已经消失;一想到我已经拥有了她,我在她的心中稍微占据了一点位置;一想到她的公寓钥匙就躺在我的口袋里,而且我有权使用它，我就对人生感到满足，对自己感到自豪，对赐予我这一切的上帝满怀感激之情。

某天，有一个小伙子在一条街上遇见了一位女士，他看了她一眼，转过身走了。他不认识这个女人，她的生命中有过欢乐的时刻，也有过悲伤的故事，还有过几段恋情，这些都与他全无关系。她也压根儿没把他放在眼里，假如他向她搭话，说不定她会像玛格丽特当初嘲笑我那样嘲笑他。然后几周、几个月，甚至几年的时间过去了，当他俩沿着各自迥异的人生轨迹前进时，却在机缘巧合下突然重逢。女人成了男人的情妇并爱上了他。怎么会这样？这是为什么？他们亲密无间，仿佛合为一体。这种如胶似漆的状态虽然才刚刚萌芽，但它好像从很久以前就开始了，而过去的记忆从相爱的二人的脑海中消失了。这很奇怪，必须承认。

至于我，我也忘了在那晚之前我是怎么活过来的，一想起二人在初夜所交换的情话，我整个人就喜不自胜。要么是玛格丽特惯于骗人，要么就是她在初次吻我的时候，就对我产生了一种突如其来的激情，它来得快去得也快。

我越想越觉得玛格丽特没有理由假装爱我。我还想到，女人有两种爱人的方式，它们互为表里，一种是精神之爱，另一种是肉体之爱。一个成熟的女人挑选情人只是为了顺应自己感官上的需要，却出乎意料地揭开了精神恋爱的神秘面纱，从此只遵循心灵的呼声去生活、去爱。反过来，一个年轻的姑娘原本在婚姻中寻求的只是爱人之间纯洁感情的结合，可她突然见识到了肉欲之爱的妙处，而它正是灵魂所蕴含的最纯洁感情的有力产物。

我带着这些遐思睡去了。我是被玛格丽特的一封信唤醒的，

信的内容如下:

> 我命令你于今晚前往轻喜剧院,到第三次幕间休息时来找我。
>
> 玛·戈

我把信放进抽屉里,以便在我怀疑是否真有此事的时候有据可查,我身上常常会发生这种事。

她没叫我在白天去看她,我不敢自作主张。但我又强烈地想要在夜晚来临前就见到她,于是我去了香街。在那儿我又像昨天一样看到她经过,然后下了马车。

晚上七点,我来到了轻喜剧院。

我从未这么早来过剧院。

所有包厢都挤满了人,只有底层台前包厢空着。

在第三幕开场时,我听到那个包厢门打开的声音,立刻目不转睛地盯着那里。玛格丽特出现了。

她第一时间走到包厢前方,环顾整个剧场。看到我后,她用眼神向我致谢。

那一晚,她美得无与伦比。

难道她是为了我才这样精心打扮的吗?她已经爱我爱到了这样的程度,认为我越觉得她美,我就会越幸福吗?我不知道,但若她真有此意,那她无疑达到了目的,因为在她华丽登场之际,观众的脑袋便如波浪一般向她转去,就连台上的演员也不禁向她行注目礼。毕竟她只消露个面就能吸引全场人的注意。

而这个女人的公寓钥匙在我手里,三四个小时后她将再次属于我。

人们总是指责那些为戏子或妓女而倾家荡产的人,我反而因为他们没有为这些女人做出更疯狂的事而感到吃惊。只有像我这样亲身经历过这种生活的人才能知晓,每天对情人小小虚荣心的满足,会使她们将情人的爱——没有别的更好的字眼——深深铭记在心里。

接着,普律当丝进入了包厢,还有一个男人也在后排坐下,我认出了那是G伯爵。

看到他的那一瞬间,一阵寒意攫住了我。

玛格丽特一定注意到了伯爵现身对我的打击,因为她又朝我微笑了一下,然后背对伯爵,似乎把全副心思都放在了戏上。第三幕终了,她转过身对伯爵说了几句话,后者便离开了包厢。玛格丽特向我打手势,叫我去看她。

"晚上好!"我一进门,她就出声招呼我,并把手伸给我。

"晚上好!"我也向玛格丽特和普律当丝打招呼。

"但我是不是占了别人的位子?G伯爵不回来了吗?"

"他会回来的,我打发他去替我买糖,方便我们单独说会儿话。迪韦努瓦夫人是靠得住的。"

"没错,孩子们。"迪韦努瓦夫人说,"别担心,我什么都不会说出去。"

"你今天晚上怎么了?"玛格丽特站起身来走到包厢暗处,在我额头上亲了一下。

"我有点不舒服。"

"那你最好去睡觉。"她说这话的戏谑神情和她精致俏皮的容貌相得益彰。

"上哪儿睡呢？"

"你自己家。"

"你很清楚我回去是睡不着的。"

"那你也不能因为在我包厢里看到了一个男人就过来跟我闹别扭。"

"与这事无关。"

"我很清楚就是因为这个，你不占理。好了，不说这事了，散场以后你到普律当丝家去，在她家待到我叫你再过来，听见了吗？"

"明白了。"

我难道还能说个"不"字吗？

"你会一直爱我吗？"她又问。

"这还用问吗？"

"你想我了吗？"

"我一整天都在想你。"

"知道吗，我好担心自己会真的爱上你。不信你问问普律当丝。"

"真是！"胖女人说，"真腻歪。"

"现在，你可以回你的座位上去了，伯爵该回来了，没理由让他在这儿撞见你。"

"为什么？"

"因为你看到他会不痛快。"

"我不会不痛快的，但如果你早对我说今晚想来轻喜剧院，我一样会为你搞到这个包厢。"

"可惜的是，这个包厢并不是我向他讨来的，而是他主动为我订的。你很清楚，在这种情况下他只要提出来想和我一起看戏，我又怎么好拒绝呢？我所能做的只有写信告诉你我会去哪里，好叫你能见着我。此外，能早点见到你也让我开心，但没想到你是这样报答我的，只能说你给我上了一课。"

"我错了，请原谅我。"

"这还算个好孩子，乖乖地回座位上去，别再吃醋了。"

她又亲了我一下，然后我退了出来。

在走廊里我遇见了从外面回来的伯爵。

我回到了自己的座位上。

说到底，G伯爵会出现在玛格丽特的包厢里是再正常不过的事了。他曾是她的情人，他给她订了包厢，然后把她送到剧场，这一切是很自然的事。从我成为像玛格丽特这样的姑娘的情人的那一刻起，就应该接纳她的生活方式。

在当晚剩下的时间里，我的心情并未有多少好转。在我离开剧院的时候，我看到玛格丽特、普律当丝和伯爵登上了在门口等候的马车，我的心情变得极为沮丧。

但我还是在一刻钟后抵达了普律当丝家，正好赶上她回家。

第十三章

"你来得几乎和我们一样快。"普律当丝对我说。

"对。"我机械地答道,"玛格丽特人呢?"

"她在家。"

"一个人?"

"和 G 伯爵在一块。"

我跨着大步在客厅里走着。

"喂,你这是怎么了?"

"在你看来,我会觉得在这儿等着 G 伯爵从玛格丽特家出来是一件很有趣的事吗?"

"你真是不讲道理。要知道玛格丽特是不可能把 G 伯爵拒之门外的。他们二人来往已经很久了,他给了她很多钱,到现在也没断。玛格丽特每年的开销超过十万法郎,她欠了不少债。纵然公爵对她有求必应,但她也不敢要求他将开销全部扛下来。伯爵每年至少要给她一万法郎,她怎么能跟他闹翻呢。亲爱的朋友,玛格丽特很爱你,但从你们双方的利益出发,这段关系当不得真。你那七八千法郎的补贴是不足以支撑这个姑娘奢靡的生活方式的,连她马车的维护费都不够。你是怎么对待别的聪明伶俐的漂亮姑娘的,就怎么对待玛格丽特吧,跟她好上一两个月,尽管送花、送糖、送包厢的票子,其他的就算了。也别再天天莫名其妙地吃醋,你又不是不知道自己在跟谁来往,玛格丽特也不是什么贞节烈妇。她很中意你,你也会爱她,剩下的你就别多想了。我觉得你这么敏感是很可爱的一件事。你的情妇是全巴黎最有魅力的女人!她穿金戴银,在一间富丽堂皇的公寓里接待你,只要你愿意,你可以不花一个子儿。这样你居然还不满意,真是见鬼了,你太不知足了。"

"你说得很有道理,但我也没有办法,一想到这个男人是她的情人,我就浑身难受。"

"首先,"普律当丝继续说,"他是不是还和她保持情人关系?她需要这个男人,仅此而已。她已经连着两天让他吃了闭门羹。他今早又来了,她也没有办法,只能接受他的包厢,任由他把自己载到剧院,又送回家,再坐上一会儿。既然你在这儿等着,那他不会待很久的。在我看来,一切都很平常。再说公爵你不也忍了吗?"

"我是接受了公爵的存在,可那是因为他已经是个老头,我笃定玛格丽特不是他的情妇。况且,人能忍受一段这样的关系并不代表就能忍受第二段。对这种事睁一只眼闭一只眼,男方这么做几近算计,即便是出于爱情,也让他和下层社会里那些默认伴侣和他人有染,并从中赚取利益的人一样了。"

"亲爱的,你也太古板了!这种事我不知见了多少了,即便是最高贵、最优雅、最富有的人也是像我劝你的那样行事的。这么做不费劲，也不可耻，更没有什么好内疚的！这样的事每天都在发生。如果巴黎的妓女不同时接纳三四个情人的话，她们怎么支撑起那么阔气的排场？一个人家境再殷实，也无法独力承担像玛格丽特这样一个女人的花销。照理说一年五十万法郎的收入在全法国也是排得上号的，但亲爱的朋友，就算是这样的阔佬也填不上这个窟窿，原因是：如果一个男人有如此雄厚的财力，他名下有豪宅、好马、仆役和马车，平素少不了要参加狩猎这样的余兴活动，还要应付和朋友的人际往来。一般这样的人都已娶妻生子，要赌马，要享乐，要出游，还有好多我说不上的出项。这些习惯已经根深蒂固，一旦更易，别人难免会认为他破产了，流言就会传得满天飞。如此算来，他每年只能从五十万法郎中拿出四五万法郎来花在女人身上，这已经是一个相当可观的数目了。这个女人自然还需要别的情人来补足每年的开销。玛格丽特已经算运气好的了，这么一个身家千万法郎的有钱老头就像奇迹一样凭空出现在她面前，他的妻女都死了，剩下的那些外甥、侄儿自己也很有钱，因此他对玛格丽特百依百顺却不求回报。即便如此，玛格丽特每年也不敢向他要超过七万法郎的数目，我敢肯定如果她超过这一界限，就算他有钱又疼她，也会拒绝的。

"在巴黎，一年两三万法郎的收入刚够勉强维持在这个圈子的开销，所有收入在这个水平线的年轻人都非常清楚，以他们一己之力，连玛格丽特的房租和用人的工钱都解决不了。他们一言不发，装出毫不知情的样子，一旦玩够了就头也不回地离开。假使有人受了虚荣心的蛊惑，想要扛下对方的全部开销，他们只会像个傻子一样耗光财产后被人杀死扔在非洲，死后还在巴黎留下十万法郎的债。你认为那些女人会感激他们吗？才不会呢。恰恰相反，她们会说自己跟他们交往是屈尊下就，和他们在一起是做了亏本买卖。哈哈，你恐怕觉得这些事是道德沦丧的表现吧？它们都是真人真事。你这小伙子可爱极了，我打心眼里喜欢。我在妓女圈子里混了二十年，很清楚她们都是些什么人，配得上怎样的对待。我不希望你把一个漂亮姑娘的心血来潮当了真。"

"话说回来，除了我已经提到的理由，"普律当丝接着说，"假如伯爵或公爵发现了你俩的关系，要求她在你们之间做出抉择，而她因为深深地爱上了你，与他们断绝了关系，那么她为此做出的牺牲无疑将是巨大的。而你能为她做到同样的地步吗？当你厌烦了，不想再继续这段关系的时候，你要如何弥补之前给她造成的损失？你什么也做不了。那个世界是她的前程、财富之所系，就这样被你隔绝开了。她把最好的年华献给了你，而你却会将她忘得一干二净。如果你是一个普通男人，你还会当着她的面揭开她旧日的伤疤，在抛弃她的时候，还要说自己只不过是像她以前的情人一样行事而已，她无疑会落到十分悲惨的境地；倘若你生性正直，自觉有义务将她留在身边，那只不过是给你自己也招来厄运罢了。之所以这么说，是因为一个年轻人陷入这种关系尚情有可原，但成年人的世界是容不下它的。这种关系将会完全妨碍你的人生，一个男人最重要的两件事——家庭和事业——都将被它所拖累。所以，你就听我的吧，接受现实，对面是什么女人就怎么对待，在任何事上都不要欠妓女的人情。"

这番话说得入情入理，我从未想过能从普律当丝这儿听到逻辑如此清晰的一番话。我不知如何对答，只觉得她说得对，于是我同她握手，感谢她提出的忠告。

"算了算了，"她对我说，"别管这些蹩脚的大道理了，尽管笑吧。亲爱的，生活可以是很美好的，就看你从什么角度去看它。去问问你的朋友加斯东吧，我感觉他对爱情的看法和我一样。你必须明白这件事，否则你就只会沦为一个不解风情的傻孩子：隔壁那个漂亮姑娘巴不得现在在她家做客的男人赶紧走人，她心里想的是你，她预备共度良宵的人是你，她爱你，我很肯定这一点。现在你跟我一块到窗边来，看伯爵什么时候走，他很快就会给你腾位子了。"

普律当丝推开一扇窗，我们肩并肩倚在窗台上。

她望向街上少得可怜的行人，而我思绪万千。

她刚才对我说的话搅得我心烦意乱，但我又不得不承认她句句在理。然而我对玛格丽特的满腔柔情实在不肯在这些大道理前就范，于是我隔一会儿就长叹一声。普律当丝听了也只是转过身来耸一耸肩，仿佛是放弃了某个病人的医生。

我暗想，在飞快变幻的情感面前，人是很能参悟人生苦短的道理的。我认识玛格丽特才两天，成为她的情人才一天，而她却已如此占据了我的思想，侵入了我的心灵，充满了我的生活，G伯爵的来访怎么能让我不痛苦呢？

伯爵终于走出了公寓，坐上马车离开了。普律当丝关上了窗户。

与此同时，玛格丽特出声招呼我们过去。

"快来，我们在布置桌子了，"她说，"一块吃点什么。"

当我走进她家的时候，玛格丽特飞奔过来，搂住我的脖子，用尽力气吻了我一下。

"还要跟我闹别扭吗?"她问我。

"不,他没事了。"普律当丝说,"我给他讲通了,他答应以后乖乖听话。"

"真乖!"

我情不自禁地向床上望去,床铺并不乱,而玛格丽特已经换上了白色的晨衣。

我们围着桌子坐下。

玛格丽特既美若天仙,又体贴入微,对我更是柔情似水,我不得不时刻提醒自己:我不应该再向她奢求更多了,不知有多少人会因为处在我的位置而感到幸福。我似乎应该效法维吉尔笔下的牧羊人,只需满足于天神——确切地说是一位女神——为我安排的快乐。

我努力遵照普律当丝的劝告行事,逼迫自己像两位女伴一样快活,但这件事在她们是自然流露,在我则是强颜欢笑。我神经质的笑容虽然骗过了她们,却几乎与哭无异。

消夜结束后,只剩我和玛格丽特二人独处。她照例走到壁炉前,接着坐在地毯上,用忧郁的眼神望着炉火。

她陷入了沉思!她在想什么?我不知道。我满怀爱意地望着她,想到自己准备好为她受苦,又几乎感到恐惧了。

"你知道我刚才在想什么吗?"

"不知道。"

"在想一个我之前想到的办法。"

"是什么办法?"

"眼下我还不能告诉你,但我可以告诉你它会有什么结果。

那就是一个月后我将重获自由之身，谁的情我都不欠，哪儿的债我都不背。我们可以一块去乡下消暑了。"

"你不能告诉我这个办法的具体内容吗？"

"我不能说，只有你像我爱你一样爱我，这个办法才能成功。"

"你是靠自己想出来的吗？"

"是我自个儿想出来的。"

"你也要一个人去办吗？"

"我一个人操心就够了。"玛格丽特说话时露出的微笑是我这辈子都不会忘怀的，"但好处由咱俩一起享受。"

听到"好处"这个词，我不禁脸红了，这让我想起曼侬·莱斯戈和德·格里欧联手从 B 先生身上捞钱的事。

我站起身来，语气略显生硬地说："亲爱的玛格丽特，请允许我只享受由我自己计划和参与的事所带来的好处。"

"你这话是什么意思？"

"就是说，我十分怀疑 G 伯爵在这出绝妙的活剧中也出了力，因此我既不愿为此负责，也不愿从中渔利。"

"你真是个孩子，我还以为你爱我呢，看来是我搞错了，好吧。"

她起身掀开钢琴盖，开始弹《邀舞》，直弹到那段她总是出错也最脍炙人口的大调为止。

她是习惯使然，还是为了让我想起我们初识的那天？我只知道，那一天的记忆随着旋律重新涌上心头，我走近她，将她的头捧在手里，吻了她。

"你能原谅我吗？"我对她说。

"你说呢，"她回答我，"别忘了这才是我们的第二天，你就已经有事需要我原谅了。你说好要无条件服从我的,怎么光说不练呢?"

"玛格丽特,你要我怎么办呢?我太爱你了,对你最细微的想法也要起疑心。你刚才向我提议的事让我喜出望外,但你这样含糊其词实在叫我沮丧。"

"瞧你,别闹别扭了。"她抓起我的双手,深情款款地看着我,我哪里抵挡得住。她说:"你爱我,不是吗?那能和我在乡间独处三四个月,你一定会感到幸福。我也一样会为这远离尘世的二人世界而感到幸福。除此之外,我的身体也需要疗养。我不可能在没安排好大小事务的情况下离开巴黎那么久,而一个像我这样的女人总是免不了被各种杂事纠缠。幸而我找到了一个法子能把一切都照顾到,无论是我的事还是我对你的爱。没错,我对你的爱。别笑,我可是爱你爱得发狂呢!而你现在反倒耍起威风,大言不惭起来了啊!幼稚,幼稚透了!你只要记住我爱你,其他什么都不用操心。说好了,嗯?"

"你很清楚,你想做什么我都会支持。"

"那就好。要不了一个月,我们就将身处某个村子,去河边漫步,喝新鲜牛奶。我玛格丽特·戈蒂埃说出这样的话可能会让你感到奇怪,这是因为虽然我看上去醉心于巴黎生活,但当我在这里找不到刺激的时候,就会对巴黎感到厌烦,然后突然向往一种更宁静的生活,它唤起了我对童年的回忆。无论我们长大后成为什么样的人,都有过自己的童年。哦,别担心,我可不会说自己其实是一个在圣德尼[1]长大的退役上校的女儿。我是一个乡下

---

[1] 圣德尼:巴黎北部的一座小城,此地设有法国荣誉军团子女学校。在拿破仑时代,该所学校专门接收获得法国荣誉军团勋章的军人的后代。

的穷姑娘，直到六年前我还不会写自己的名字。这下你放心了吗？为什么我会选择你作为我第一个愿意与之分享自己得到的快乐的人？应该是因为我看出你爱我是为我着想，而不是为了你自己，其他爱过我的人都只是为了他们自己。

"我经常去乡下，但从来不是出于自愿。这次我是否能轻易获得幸福就看你了，别使小性子，成全我吧！你可以这样说服自己：她命不久矣，这是她第一次向我提出请求，她的愿望在我看来不过是举手之劳，都这样了我还不满足她，我总有一天会后悔的。"

面对这样的真情流露，夫复何言！尤其我此时尚在回味初夜的余韵，又期待着第二回的缱绻。

一个小时后，玛格丽特已经躺在我的怀中了。这会儿就算她让我去犯罪，我也会乖乖照做。

我在清晨六点离开了，临走前我问她：

"今晚还见吗？"

她的吻更激烈了，但她没有正面回答我的问题。

白天我收到了一封信，内容如下：

亲爱的孩子，我有点不舒服，医生让我休息。今天我要早早睡觉，见不了你了。但为了补偿你，我会在明天中午等你。爱你。

我心里闪过的第一个念头是：她在骗我！

我额头流过一道冷汗，我太爱这个女人了，无法不为这份猜忌而感到心烦意乱。

然而我既然和玛格丽特在一起,就应该知道这种事随时都有可能发生。我以往的情妇也经常唱这一出,我当时都不怎么放在心上,怎么这个女人就能如此左右我的生命呢?

于是我想,既然我有她家钥匙,何不照旧去看她。这样我很快就能知道真相,如果哪个男人被我捉到了,就赏他一耳光。

我先去香榭丽舍大街待了四个小时,她没有出现。到了晚上,我走遍了她常去的所有剧院,哪儿都不见她的身影。

晚上十一点,我来到安坦街。

没有灯光从玛格丽特家的窗户透出来。我还是拉了铃,看门人问我上哪家去。

"我要去戈蒂埃小姐家。"我回答他。

"她还没回来。"

"那我就上去等她。"

"她家里一个人也没有。"

既然我有她家钥匙,我完全可以无视他强行进去,但我怕闹出丑事,便退了出来。

但我并未就此打道回府。我没法离开这条街道,眼睛也没法从玛格丽特家移开。我感觉自己似乎还需要知道些什么,至少要证实自己的怀疑。

快到半夜的时候,一辆我十分熟悉的马车停在九号门口。

G伯爵下了车。他遣走了马车以后走进了公寓。

有那么一瞬间,我希望看门人也会告诉他玛格丽特不在家,这样我就能看到他从公寓里灰溜溜地出来,但我一直等到凌晨四点也未能如愿。

　　三个星期以来,我尝够了痛苦的滋味,但比起那一晚我经历的锥心之痛,似乎也算不了什么。

第十四章

回到家后,我哭得像个小孩子。但凡至少被欺骗过一次的男人,就会懂得我有多痛苦。

我在盛怒之下决心立马同她一刀两断,而人总是以为自己在这种情况下能够控制住怒火。我已经等不及要回到自己应该待的位置,回到父亲和妹妹身边。他们二人对我的爱是毋庸置疑的,决不会背叛我。

不过我并不愿在没有告知玛格丽特始末缘由的情况下就一走了之。只有当一个男人决心和情妇恩断义绝的时候,他才会选择不告而别。

我在脑海里颠来倒去地思考这封诀别信应该怎么写。

事情很清楚了,我这回爱上的姑娘和其他所有妓女没有什么区别,我把她太理想化了,她却拿我当小孩耍,用一种羞辱人的简陋手段来欺骗我。我的自尊心占了上风。离开这个女人的时候,绝对不能叫她瞧出我到底有多伤心,以免让她看了笑话去。我眼含热泪,半是出于愤怒,半是发自悲伤,用最端正的笔迹写了以下这封信:

亲爱的玛格丽特：

我希望您昨夜只是偶染微恙。十一点时我去打听了一下消息，他们说您还没回家。G伯爵比我更幸福，因为之后现身的他直到凌晨四点还待在您家。

请原谅我让您忍受了一些无聊的时刻，请您相信我决不会忘记您赐给我的幸福时光。

我本来今天也要来打听消息，但我要回我父亲身边去了。

再会了，我亲爱的玛格丽特。我既不够有钱，不能像我希望的那样去爱您；又不够穷，不能像您希望的那样去爱您。那么我们还是忘了彼此的好，于您不过是忘了一个几乎无足轻重的名字，于我则是忘却一场难以成真的美梦。

我将钥匙寄还给您，我还没有用过它，可能您还用得上，假如您经常像昨天那样"不舒服"的话。

你看，如果不在信的结尾狠狠地嘲弄她一下，我是不会甘心就此打住的，这也足以证明我还深爱着她。

我把这封信来来回回读了十遍，想到它会让玛格丽特感到痛苦，我的心情稍微平复了一些。我努力在心中唤起信中所表达的感情。等到我的听差走进我家时，我就把信交给他，让他立刻给她送去。

"要等回信吗？"约瑟夫问我。我的听差和其他听差一样，也叫约瑟夫。

"如果他们问你是否需要回信，你就说你什么也不知道，但你要等。"

我还是巴望着她会给我回信。

我们这些人真是既可怜又懦弱啊！

在约瑟夫出去送信的时间里，我的心情激动到了极点。我忽而回忆起玛格丽特委身于我的经过，质问自己有什么权利给她写这样一封粗鲁无礼的信，她大可以说 G 伯爵并非第三者，反而是我插足了 G 伯爵和她之间的关系，脚踩几条船的女人经常这样为自己辩解。忽而我又想起这个姑娘许下的誓言，又觉得自己在信里写得还是太轻了，我对她付出的感情是如此真挚，她却这样玩弄我的真情，用多么难听的话痛斥她都是不为过的。后来我又觉得自己还是不该写信，而是应该在白天的时候直接去她家，这样我就能从我给她带去的泪水中获得复仇的快意。

最后我开始猜想她会回我些什么，也已经准备好相信她给出的解释。

约瑟夫回来了。

"怎么样？"我问他。

"先生，"他答道，"夫人已经睡下了，她还没有醒。但只要她一打铃，那儿的人就会把信给她，要有回信也会差人送来的。"

她在睡觉！

多少回我差点儿派人去把信要回来，可我又这样对自己说：

"他们可能已经把信交给她了，如果我派人去取的话，只会显得我余情未了。"

她的回信可能抵达的时刻越近，我越后悔写了那封信。

十点、十一点、十二点的钟声依次敲响。

到了十二点，我几乎要像个没事人一样去赴约了。直到最后，我也没能挣脱压在我心上沉甸甸的负担。

于是我也像其他苦苦等待的人一样开始迷信起来，觉得只要出去一会儿，回来的时候回信也就到了。往往人们望眼欲穿的回信总是在他们不在家的时候送来。

我借口吃午饭走出了家门。

我通常习惯在街角的富瓦咖啡馆吃午饭，而今天我更愿意穿过安坦街，到大皇宫那片去吃。每当我远远地望见一个妇人，都以为是纳尼娜来给我送回信了。在穿过安坦街的途中，我一个信使也没遇见。到大皇宫后，我走进韦里饭店。侍者与其说在服侍我用餐，不如说把他想到的菜都端来了，因为我压根儿就没动筷子。

我的双眼不由自主地盯着钟看。

我回到家中，心里坚信自己会收到玛格丽特的回信。

看门人什么也没收到，我把剩下的希望寄托在我的听差身上，但自我走后他什么人都没见到。

如果玛格丽特要给我回信，它应该早就到了。

于是我开始为信中的措辞感到后悔，我应该什么也不说，这样她也许会因为担心而有所行动，她会问我为什么不遵守前一日定下的约定，我只要在那个时候告诉她就行。这样她就不得不为自己辩白，而我所要的也不过就是这件事。我已经意识到，无论她给出什么理由我都会照单全收，只要能再见到她，我什么都愿意。

我甚至认为她会亲自来我家，但时间一小时一小时地过去，她始终没有露面。

看来玛格丽特确实不同于其他女人，因为很少有女人在收到我刚才寄出的那封信后会无动于衷。

下午五点，我跑着到了香榭丽舍大街。

我心想，如果碰到她，我要摆出一副毫不在意的样子，这样她就会相信我已经不再为她倾倒了。

在皇宫大道的转角，我看到她坐着马车经过，相遇来得太过突然，我的脸色"唰"的一下白了。我不知道她是否看到了我情绪上的变化，反正我是激动得不能自已，只看到了她的马车。

我没有继续在香榭丽舍大街徘徊，而是转去看剧院门口张贴的海报，我还有一个见到她的机会。

今晚将有一出戏在大皇宫首演，玛格丽特一准会出席。

我在晚上七点抵达了剧院。

所有包厢都坐满了人，唯独不见玛格丽特的倩影。

于是我离开大皇宫，跑遍了她最常去的所有剧院：轻喜剧院、综艺剧院和喜歌剧院。

可哪儿也找不到她。

莫非是我的信狠狠地伤了她的心，她连戏都看不进去了？还是她生怕和我不期而遇，因为不想多费口舌而躲着我？

以上都是我在大街上被虚荣心所勾起的猜想。正当这时，我遇见了加斯东，他问我打哪儿来。

"从大皇宫来。"

"我是从歌剧院来的。"他告诉我，"我还以为会在那儿见到你。"

"为什么？"

"因为玛格丽特在那儿。"

"啊,她在那儿?"

"是的。"

"一个人?"

"不,和她的女伴在一块儿。"

"只有女伴吗?"

"G伯爵在她的包厢待了一会儿,但她是由公爵送回家的。我以为你随时都会冒出来。我旁边有个位子空了一整晚,我还以为那是你订的。"

"我上哪儿跟玛格丽特有什么关系?"

"因为你是她的情夫啊,不是吗?"

"谁跟你这么说的?"

"昨天我碰到普律当丝的时候她告诉我的。恭喜你,亲爱的朋友,这么漂亮的情妇可不容易到手啊,你得看好了,她会让你倍儿有面子。"

加斯东这一简单的看法揭示了我的敏感是多么荒唐。

如果我昨天就遇到他,又听到他这样讲,我说什么也不会写今早那封愚蠢的信。

我差点儿想立即冲到普律当丝家去,请她给玛格丽特传个口信——告诉她我有话跟她说。但我又怕她为了报复而将我拒之门外。于是我穿过安坦街回到家里。

我又问了一次看门人有没有我的信。

没有!

我躺上床时想,她可能想再看看我还会使出什么招数,以及我是否会把信收回去，但既然我没再给她写信，她明天就会反过来给我写信的。

那一晚我为自己做的蠢事后悔不已。我独自一人待在家里，忧虑夹杂着妒火烧得我孤枕难眠。假使我对一切听之任之，那么我现在可能正倚着玛格丽特，听她对我倾吐我总共才听了两回的情话。即使眼下就我一人，回忆起来也不禁脸上发烫。

一想到理智已经证明我错了，我就不禁背脊发凉。一切迹象都表明玛格丽特爱我。首先是这个和我共同在乡间避暑的计划；其次，我确信没有任何外力强迫她做我的情妇，因为我的财产压根儿满足不了她的日常开销，甚至连她一时兴起的消费也支持不了。这样她就只可能是想在我身上追求一份真挚的情感，能够让她在自己所生活的那个把爱情拿来买卖的世界中得到喘息。这才不过第二天，我就摧毁了这份希望，用无情的嘲弄来回报她两个晚上的浓情蜜意。因此，我的行为不但荒唐，而且粗暴。我恣意批评这个女人的人生，甚至没有为此付过一个子儿。我在第二天就大打退堂鼓的行径，岂非像极了情场上的一只寄生虫，生怕别人追着自己要晚餐钱？怎么？我在三十六小时前才和她相识，二十四小时前才成为她的情夫，现在就已经开始疑神疑鬼了？我不仅不为她分给我的爱而感到格外幸福，反而妄想将她独占，并强迫她一下子切断过去的关系，那可是她未来的收入来源啊。我有什么可以指责她的呢？她无可指责。她大可以像某些厚颜无耻的女人一样，直截了当地告诉我她还有一个情人要接待，然而她却选择写信说自己不舒服。我不肯相信她信中的说辞；没有到安坦街以外的巴黎街道游荡；没有和朋友一起消磨晚上的时光，等到第二天在她指定的时间出现，而是效法奥赛罗[1]，去盯她的梢，以为不去见她就能惩罚她。但恰恰相反，她一定为这次别离感到高兴；她一定觉得我蠢到了极点；她的沉默甚至连怨恨都谈不上，而是轻蔑。

我本可以给她送一件礼物，好让她不至于错把我当成小气鬼。像这样把她当妓女来对待，会抵消我对她的负疚感。但我和她之间的关系哪怕沾上一点铜臭，都让我觉得是一种亵渎。就算没有亵渎她对我的爱，至少也是亵渎了我对她的爱。这份爱如此纯洁，它是无法与别人分享的，一件礼物也不足以偿付——甭管这件礼物有多漂亮——这份爱所带来的幸福，无论这份幸福持续的时间有多短。

以上就是我在夜里翻来覆去所想之事，我也随时准备把这些话告诉玛格丽特。

直到天亮我也没有睡着，我发烧了，除了玛格丽特我什么都没有想。

你该明白，我必须做出抉择，要么跟她彻底分手，要么从此以后不再胡乱猜忌，如果她还愿意接待我的话。

但你也知道，人在做出重大决定前总是会犹豫不决。我既在家里待不住，又不敢登门拜访玛格丽特。我想了一个别的办法，如果这样做成功了，我可以推说这是命运的捉弄，自尊心也不致受到伤害。

到了上午九点，我匆匆赶到普律当丝家，她问我怎么这么早

---

[1] 奥赛罗：莎士比亚戏剧《奥赛罗》（*Othello*）的主人公，因无中生有的嫉妒将妻子杀害，后被用来指代嫉妒多疑的丈夫。

就来了。

我不敢对她讲实话，只能说我父亲住在 C 城，我这么早出门，是为了在去 C 城的公共马车上订一个位子。

"你真走运，"她对我说，"能在这么好的天离开巴黎出去走走。"

我望着普律当丝，暗想她是不是在拿我寻开心。

但她看上去似乎是认真的。

"你要去向玛格丽特告别吗？"她依然一本正经地问。

"不。"

"你做得对。"

"你这么觉得？"

"那当然，既然你们都分手了，还见她做什么呢？"

"你知道我们分手的事了？"

"她给我看了你的信。"

"她怎么跟你说的？"

"她跟我说：'普律当丝，你那个孩子不太礼貌，这些事心里想想就行了，可不兴真写出来啊。'"

"她是用什么语气对你说这些话的？"

"她是笑着说的这些话。她还说：'他在我家吃了两顿消夜，都还没来说声谢谢呢。'"

这就是我的信和我的嫉妒心所导致的后果。我的爱情的尊严被无情地羞辱了。

"她昨晚干了什么？"

"她上歌剧院去了。"

"这我知道,然后呢?"

"她回家吃了消夜。"

"一个人?"

"应该是和 G 伯爵一道。"

看来和我分手这件事完全没有改变玛格丽特的生活习惯。

有些人说过:"不要去留恋不爱你的女人。"这句话就是为这样的场合写的。

"那就好,我很高兴看到玛格丽特没有为我感到伤心。"我勉强挤出一丝微笑说。

"她这样做合情合理。你做了你应该做的事,你比她更理智。因为这个姑娘爱你,她但凡张口就是在说你的事,为了你她什么蠢事都做得出来。"

"既然她爱我,为什么不给我回信呢?"

"因为她发现她不应该爱上你。此外,女人可能偶尔会允许别人欺骗她的感情,但绝不容许别人伤害自己的自尊心。而一个男人才跟一个女人好了两天就抛弃了她,无论出于什么理由,这都是在践踏她的自尊心。我了解玛格丽特,在这种情况下她宁可死也不会给你回信。"

"那我应该做什么呢?"

"什么也别做。她会忘了你,你也会忘了她,你们都没有什么可埋怨彼此的。"

"如果我给她写信请求原谅会怎么样呢?"

"可别,她可能会原谅你的。"

我差点儿把普律当丝一把抱住。

一刻钟后我回到了家,给玛格丽特写了以下这封信:

昨天有个人给您写了一封信,他现在后悔了。如果您不愿原谅他,他明天就走。他想知道自己什么时候能拜倒在您的膝前,向您诉说他的悔意。

您什么时候能单独接见他?因为您知道,忏悔的时候是不应该有其他人在场的。

我把这首用散文写就的情诗折起来让约瑟夫送去,他把信交到了玛格丽特本人手中,她告诉他自己晚些会写回信。

我只在吃晚饭的时候才出去了一小会儿,时间已经来到晚上十一点,我依然没有等来回音。

于是我决心不再忍耐这份痛苦,明天就走。

在这份决心的驱使下,想到自己反正上床也肯定睡不着,我便开始收拾行李。

第十五章

我和约瑟夫为明天的出行大概忙活了快一个小时,突然有人用力地拉门铃。

"要开门吗?"约瑟夫问我。

"开吧。"我告诉他,心里寻思,都这个点了,会是谁呢。我可不敢奢望玛格丽特会大驾光临。

"先生,"约瑟夫回来后告诉我,"是两位女士。"

"阿尔芒,是我们。"一个声音嚷嚷道,我听出那是普律当丝的声音。

我走出房间。

普律当丝站在那儿,正在欣赏我客厅里的几件摆设。玛格丽特则坐在沙发上想着什么。

进客厅后,我径直走向她,跪倒在她跟前,握住她的两只手,怀着万分激动的心情对她说:"请原谅我。"

她亲了一下我的额头,对我说:

"这已经是我第三次原谅你了。"

"我明天就要离开了。"

"我来你家怎么改变得了你的决定呢？我来不是为了阻止你离开巴黎的。我来只是因为白天没空给你写回信，又不想让你以为我在生你的气。普律当丝不想让我来，她说我可能会打扰到你。"

"你，打扰我？你，玛格丽特，怎么可能？"

"怎么不可能？你家里说不定藏了个女人。"普律当丝插嘴，"如果让她看到我们不就糟了？"

在普律当丝高谈阔论的时候，玛格丽特专心致志地盯着我的脸看。

"亲爱的普律当丝，"我说道，"你在胡说些什么？"

"你的公寓看起来真不错，"普律当丝说，"我能参观一下你的卧室吗？"

"可以。"

普律当丝溜进了我的卧室，与其说她是真心想要开开眼，不如说是为了掩饰刚才的失言，这样一来就剩我和玛格丽特独处了。

"你为什么把普律当丝带来了？"我问她。

"因为她和我在一起看戏，而且等会儿走的时候我也希望能有人陪。"

"不是有我吗？"

"是这样没错，但一来我不想麻烦你，二来我很确定一旦到了我家门口，你准会要求上楼。既然我无法答应你的这个要求，我不想因为这次拒绝让你在走时又多了一个埋怨我的理由。"

"那你为什么不能接待我呢？"

"因为我被盯得很紧,哪怕出一丁点儿差错也会万劫不复。"

"真的就是因为这个吗?"

"假如有旁的理由我会告诉你的,我们之间不再有秘密了。"

"听着,玛格丽特,对你我不想绕着圈子说话。说实话,你是不是有一点爱我?"

"我爱极了你。"

"那么你为什么要背叛我呢?"

"我的朋友,假如我是某某公爵夫人,我一年有二十万里弗[1]的收入,我在当了你的情妇以后还找了一个男人,那你确实有权力质问我为什么要背叛你。但我只是玛格丽特·戈蒂埃小姐,我身上背着四万法郎的债,财产是一分也没有,此外我每年还有十万法郎的开销,在这种情况下你的问题毫无意义,我也不想白费口舌。"

"你说得对。"说着,我把头搁到玛格丽特的膝盖上,"但我爱你爱得发狂。"

"那么,我的朋友,要么请你少爱我一点,要么就请你多理解我一点吧。你的信给我带来了很大的痛苦。假如我是自由身,我前天就不会接待伯爵了,或者在接待了他之后,像你刚刚求我原谅那样,向你请求原谅,未来我也将只有你一个爱人。有那么一小会儿我以为自己可以过上六个月的舒心日子,可你不允许,非要知道我用的是什么法子。好吧!其实谜底非常好猜。我使用这个办法的牺牲比你想象的还要大。我本来可以告诉你,我需要

---

[1] 里弗:古时的法国货币单位,1里弗约为1.01法郎。

两万法郎,既然你正迷恋着我,你说不定能搞到这笔钱,虽然可能会在之后埋怨我。我情愿什么人情都不欠你的,你无法理解我的这份用心,因为我是这样地用心良苦。我们这些女人假如还剩一点良心,说的话和做的事就会比别的女人有更深一层用意。所以,我再对你说一遍:对于玛格丽特·戈蒂埃来说,她找到了一个毋须向你开口就能偿清债务的法子,这是对你的体贴,你应该一言不发地接受。假如你今天才认识我,你会为我所应允你的事感到非常幸福,也不会追究我前天干了什么。有时人不得不以肉体为代价来换取精神上的满足,但当这种满足离我们而去之后,我们只会感到更加痛苦。"

我怀着崇敬的心情听着,望向玛格丽特的眼里满是欣赏。当我想到自己之前只敢祈求能亲吻她的玉足,而现在这个完美的造物已经恩准我占据她的思想、进入她的生活,而我对此竟还不知餍足,我不禁扪心自问:人的欲望是否没有极限?像我这样欲望刚得到满足,就已经在期待别的东西了。

"这是真的,"她继续说,"我们这些被命运摆布的人也有着古怪的欲望和难以想象的爱。我们有时为了这些东西献身,有时为了那些东西献身。有的人倾家荡产也未能从我们这里讨得一点便宜,有的人却用一束花就占有了我们。我们生来惯于随心所欲,这是唯一的消遣和借口。我向你发誓,我向你献身所花的时间比对任何人都短。为什么?因为看到我咯血的时候,你握住了我的手;你流下了眼泪;你是唯一发自真心同情我的人。我要告诉你一些胡话,我以前曾养过一只小狗,它在我咳嗽的时候会用悲伤的眼神看着我,那是我唯一爱过的生灵。

"它死的时候,我哭得比死了亲娘还伤心,毕竟我是真的忍受了她整整十二年的打骂。而我几乎是像爱上我的小狗一样那么快地爱上了你。如果男人能懂得自己眼泪的行情,他们就会得到更多的爱,我们也能少吸干几个人的家产了。

"你的信出卖了你,它暴露了你麻木的心,关于我对你的爱,这封信造成的伤害比你所能做的任何事都要大。虽说它是嫉妒心的产物,但这份嫉妒心夹枪带棒,粗鲁地伤害了我。收到你的信的时候,我已经很难过了,本来还指望着中午能见到你然后共进午餐,能用你的身影驱散一直纠缠我的念头,要知道在认识你之前我根本不会把它当回事。"

"此外,"玛格丽特接着说,"在你面前我可以尽情思考,畅所欲言。能立刻让我有这种想法的,你是唯一一个。哪怕我们再平常不过的一言一行,每个围着像我这样的姑娘转的人都不会放过,他们会拼命刨根问底,想从中找出什么含义来。我们自然是没有朋友的。我们只有自私的情人,他们挥霍财产并非像口中宣称的那样是为了我,而是为了自己的虚荣心。

"对这些人来说,他们高兴的时候我们就得陪着一起笑;他们想吃消夜的时候我们必须抖擞精神;他们起疑心的时候我们也得有样学样。我们是不许有良心的,否则就要遭到嘲骂,遭到诋毁。

"我们再也不属于自己。我们再也不是人,而是东西。在他们显摆自己的时候,我们要打头阵;在事关尊严的时候,我们就排在倒数。我们也有朋友,但都是像普律当丝这样的人,过去的妓女生活让她们养成了大手大脚的习惯,它并未随着年龄的增长而消失，虽然她们实际上已无力维持这样的生活。于是她们跟我们交上了朋友，更确切地说，成了我们的食客。她们的友谊可以像用人那样卑微，但永远称不上无私。她们决不会给我们出与赚钱无关的点子。对她们来说，只要能借此捞到几件衣裳或首饰，能时不时搭我们的便车，去我们在戏院里的包厢看戏，那么我们是不是有超过两位数的情夫就根本不关她们的事。她们拿走我们前一天的花束，借走我们的开司米披肩。无论是多么鸡毛蒜皮的小事，她们都不会在没有让我们付出双倍回礼的情况下为我们效劳的。那天晚上普律当丝从公爵那儿带回来六千法郎，那是我求她去公爵处替我要的，她借走了五百，我永远也拿不回那笔钱了，她最多就是用几顶决不会从盒子里拿出来的帽子充数罢了。

"因此我们，或者应该说像我这样一个有时悲伤、总是受苦的人，只配拥有一种幸福，那就是找到一个地位够高的男人，他既不干涉我的生活，也看重感情胜过肉体。过去我在公爵身上找到了，但他毕竟上了年纪，一个老年人是既不能保护我也不能抚慰我的。我以为自己能够接受他给我安排的生活，但你要我怎么样呢？我快腻味死了！反正注定要完蛋，被火烧死和被煤气毒死有什么区别？

"那时我遇见了你。你年轻、热情、快乐，我试图改造你，改造成我在喧嚣的孤独中所追寻的那种男人。你身上令我着迷的地方，不是你当时的样子，而是你将要成为的样子。你不愿接受这个角色，觉得配不上你，把它弃若敝屣。看来你也不过是一个平庸的情人。你也像其他人那样付我钱吧，我们不要再说这些了。"

像这样把心里话一口气说出来，可把玛格丽特累坏了，她瘫倒在沙发背上，又开始轻声咳嗽起来。为了止咳，她用手绢捂住嘴巴，连眼睛也蒙上了。

"对不起，对不起，"我喃喃地道，"我什么都明白，但我就是想听你亲口说出来，我最亲爱的玛格丽特。把其他的事都忘了吧，只要记住一件事：我们属于彼此；我们还年轻；我们深爱着对方。

"玛格丽特，你想怎么对我都可以，我是你的奴隶、你的狗，但看在老天的分儿上，把我写给你的那封信撕了，别让我明天走，否则我会死的。"

玛格丽特从贴身上衣里取出我的信，把它交还给我，带着一种难以言喻的微笑对我说：

"给，我把它给你带来了。"

我把信撕得粉碎，流着泪亲吻那只把信交还给我的手。

这时普律当丝回来了。

"哎，普律当丝，你知道他向我提出了什么要求吗？"玛格丽特对她说。

"他向你请求原谅。"

"正是如此。"

"你原谅他了吗？"

"当然了，但他还有一个要求。"

"是什么？"

"他想和我们一起吃消夜。"

"你也答应了？"

"你觉得呢?"

"我觉得你们两个都是孩子,一样幼稚。但我也觉得很饿了,你们早一点和好,我们就能早点吃上消夜。"

"走吧。"玛格丽特说,"我们坐我的马车回去。"

"拿着,"她又转向我说,"纳尼娜要睡了,你拿我的钥匙去开门,别再把它弄丢了。"

我把玛格丽特拥在怀里,抱得她喘不过气来。

约瑟夫进来了。

"先生,"他不无自豪地对我说,"行李整理好了。"

"全部都整理好了?"

"是的,先生。"

"那么把它们再拆开吧,我不走了。"

第十六章

我本可以用寥寥数行——阿尔芒对我说——告诉你这段关系是如何开始的，但我希望你能明白我是在经历了哪些事之后才会对玛格丽特有求必应，而她的生活中再也不能没有我。

在她来找我那晚的第二天，我把《曼侬·莱斯戈》送给了她。

从那一刻起我决定，既然改变不了我的爱人的生活方式，那我就拿自己开刀。首先，我不想让自己有时间去思考我刚刚接受的角色，尽管不是出于我本意，但它确实让我感到十分难过。同样地，我一直以来过着的平静生活突然充满了噪声和混乱。可别觉得和一个妓女相爱是一件不费钱的事，就算她本身丝毫不贪图你的钱财，鲜花、包厢、消夜和郊游这些消遣没有一样是不花钱的，而且我们是无法拒绝自己情妇提出的这类要求的。

关于我没有财产这件事，我已经告诉过你了。我父亲从过去到现在一直担任 C 城的总税务员。他为人忠厚，名声在外，凭这一点借到了就职所必需的保证金。这份工作每年给他带来四万法郎的收入，在干了十年之后，他已还清了保证金，还攒出了我妹妹的嫁妆。我父亲是你能见到的最正直的人。我母亲死后留下了六千法郎的年金，我父亲在得到他所谋求的岗位之后就把它平分给了我和妹妹。等到我年满二十一周岁的时候，他又在这份小小的收入上增加了每年五千法郎的补贴，向我保证如果我愿意在法律界或是医学界找一份工作，我在巴黎会过得很舒服。于是我来到巴黎攻读法律并获得了律师资格。像很多年轻人一样，我在取得文凭后暂且将它揣进了口袋，允许自己先过几天懒散的生活。我在开销方面非常节俭，但我全年的收入依旧只够我八个月的开销，我夏天会在父亲那儿过上四个月，这样我就等于有一万两千法郎的年收入了，还能赚得一个孝子的好名声。此外我身上一分钱的债也没有。

这就是我认识玛格丽特时的情况。

不难想象，此后我不讲究排场也不行了。玛格丽特生性随心所欲，和某些女人一样，各种娱乐活动是她生活的重要组成部分，而她对花在这方面的钱从来不当回事。如此一来，由于希望尽可能和我多待一会儿，她常常在上午写信约我吃晚饭，但不是在她家吃，用餐地点不是巴黎的餐厅，就是乡下的饭馆。我去接她，我们吃完饭后再一起去看戏，消夜也是常吃的，我每晚大约要花掉四五个路易，等于每个月要花掉两千五到三千法郎，也就是说我的这点收入只能支撑三个半月的时间。我必须做出选择，要么举债，要么离开玛格丽特。

然而，我什么都可以接受，除了这最后一种可能性。

抱歉要你听我唠叨这些细节，但你听下去就会明白它们正是后来那些事件的源头所在。我给你讲的这个故事既真实又简单，所以我保留了它朴实无华的细节和简单易懂的脉络。

我意识到，既然这个世界上没有什么能让我忘掉我的情妇，我就必须找到一个办法来支撑因她而增加的开销。此外，由于我爱得如痴如醉，但凡玛格丽特不在身边，我就觉得度日如年。我觉得自己需要随便找点兴趣来打发这些时间，而且要尽可能过得快，这样我就不会注意到它的流逝了。

我从自己小小的资产中借出五六千法郎开始赌钱。自从赌场被取缔之后，在哪儿你都能赌上一把。从前，只要走进弗拉斯卡蒂赌场，人总是有发财的机会的。大家都是真钞现钱地赌，哪怕输了也能安慰自己说下次还有机会。而到了今时今日，除了在俱乐部里给钱还算讲究以外，凡是赢了一大笔钱的人，几乎可以确定自己是收不到那笔钱的，个中缘由是很好猜出来的。

参与这些赌局的人只能是亟需钱用却又没有足够的财产来支撑自己过那种生活的年轻人。他们来到赌场，自然而然会出现以下结果：如果他们赢了，那么赢家的马和情妇就要由输的一方付钱，这种感觉十分糟糕。债务就这么堆积起来，在铺了绿色桌布的赌桌上建立起来的友谊也埋葬在争吵之中，这些争吵总是免不了损害双方的生命和荣誉。如果你是一个诚实的人，你可能会被一些非常正直的年轻人弄得不值一文，他们唯一的过失是没有一笔二十万法郎的年金。

至于那些出老千的人我就不跟你多说了，总有一天他们会被迫离开，遭到迟来的报应。

于是我投身这种紧张、嘈杂又激烈的生活。以前我光是想到这种事都觉得害怕，如今它却已经成为我对玛格丽特之爱情不可或缺的补充了。

你要我怎么办呢？

某些夜晚我并未去安坦街过夜，而是一个人在家过的，在这样的夜里我是睡不着的。妒火炙烤着我的思想和血液，使我清醒异常。赌博能够暂时抑制我心中的妒火，一直到幽会的时间到来为止，它能让我把注意力暂时转移到另一种难以抗拒的活动中去。然而，正是在这种情况下我认识到了自己的爱情有多么炽烈，无论是输是赢，我都能头也不回地离开赌桌，心里不禁同情起那些依旧留在那里的人，他们走的时候是无法感受到和我一样的幸福的。

对大多数赌徒来说，赌钱是人生中必不可少的一部分，对我而言只是一张处方。

如果我从玛格丽特处得到解脱，也就能从赌博中抽身了。

因此，我在赌局中一直保持清醒，我只容许自己输付得起的金额，赢输得起的数目。

不过我颇受好运的眷顾。我在没有背上债务的情况下，就把花销增加到没有赌钱时的三倍。这条路子让我不费多大劲儿就能满足玛格丽特千百种任性的要求，要抵挡这种诱惑是不容易的。至于她，她对我的爱非但没有减少，反而日见增长。

我刚才跟你说过了，最开始的时候她只在半夜到早上六点招待我，后来她允许我时不时造访她的包厢，再后来我有时还会和她共进晚餐。有一个早上我到八点才走，又有一天我直到中午才离开她的闺房。

在我等待玛格丽特精神上的转变时，她的肉体首先发生了变化。我当时想给她治病，可怜的姑娘猜到了我的用意，用顺从来表达她的感激之情。我几乎没费什么事就让她抛弃了那些旧习惯。我让她去看了我的医生，他告诉我只有充分的休息和安静才能让她恢复健康。因此，我便用一套营养均衡的食谱取代了消夜，又为她制定了规律的作息，让她不再日夜颠倒。玛格丽特不知不觉适应了这种新的生活，也切身体会到了它带来的好处。有那么几个晚上，她选择在自己的家里度过。如果天气好，她就会裹上一件开司米披肩，蒙上面纱，和我一道趁着夜色，像两个孩子一样穿梭于香榭丽舍大街阴暗的小径之间。她回来后觉得乏累，简单吃一点东西，听会儿音乐、看会儿书就睡了。她以前从未过过这样的生活。曾经我每次听到她的咳嗽声都会心疼得要命，现在它几乎消失得无影无踪了。

时间过去了六个星期，伯爵已经不再是问题，他完全被抛到九霄云外去了。只有对公爵还需要隐瞒我和玛格丽特的关系。我在玛格丽特家的时候，用人经常以夫人还睡着，不许别人吵醒她为由把他打发走。

对于玛格丽特来说，见我已经成为一种习惯甚至需要，我因此结束了自己的赌徒生涯，个中高手也恰恰会选择同样的时机脱身。总之，我发现由于自己总是赢钱，竟攒下了上万法郎的钱，似乎永远也用不完一样。

我惯常同父亲和妹妹团聚的时间到了，但我并没有出发，我不断收到他们的来信，他们在信里央求我回到他们身边去。

我尽力把回信写得得体，一再重申我眼下身轻体健，也不缺钱花。我认为这两件事多少能减少父亲因我推迟每年的省亲行程而产生的担忧。

在此期间的一个早上,玛格丽特被刺眼的阳光照醒,她从床上跳下来,问我愿不愿意带她去乡下玩一整天。

我们派人把普律当丝找来,三人一起上路。临行前玛格丽特吩咐纳尼娜告诉公爵:她不想辜负这大好春光,就约了迪韦努瓦夫人一起去乡下了。

叫上普律当丝不仅是因为她在场能让公爵放心,还因为她这种女人似乎是天生为郊游而生的。她终日兴致勃勃,胃口又极好,不会让同行者有工夫感到无聊。鸡蛋、樱桃、牛奶和炸兔肉都是去巴黎郊区玩常吃的传统食物,她对于应该去哪里采买这些东西了如指掌。

我们只剩下目的地还没有决定了。

又是普律当丝替我们排忧解难。

"你们是想去一个名副其实的乡下地方吗?"她问道。

"是的。"

"那么我们就去布日瓦勒[1]好了,到阿尔努寡妇的曙光饭馆去。阿尔芒,去租辆四轮马车。"

一个半小时后,我们到了阿尔努寡妇那儿。

你兴许知道这地方,它在工作日是旅馆,到了周日就成了那种能跳舞的咖啡馆。它的花园大约有普通二层楼那么高,从那儿望出去是一派壮丽景色:左边的地平线上矗立着马尔利引水渠,右边则是延绵不绝的小山丘。此地的河流几乎断了活水,像是在加比永平原和克鲁瓦西岛之间展开的一条宽大的白色波纹状缎

---

[1] 布日瓦勒:巴黎西边的一个小镇。

带。河岸两旁栽种着高大的杨树和柳树,它们随风摆动,发出的低响抚慰着这条河。

远处沐浴在耀眼的阳光下的除了一排排白墙红瓦的小房子,还有几座工厂厂房,它们生硬的商业气味因距离而消失了。二者共同为此地的风景更添一份色彩。

再往远望,就是云雾缭绕中的巴黎。

正如普律当丝所言,这儿有着真正的田野风光。我也必须承认,这是一次真正的野餐。

我这么说倒不是因为感激它给我带来的幸福。布日瓦勒尽管名字不好听,却是人们所能想象得出的最美的景区之一。我走过不少地方,见过比这儿宏大得多的景色,可没有一处的魅力能与这个静静地坐落在山脚的小村子比美。

阿尔努夫人提议我们乘坐小舟游览河畔风光,玛格丽特和普律当丝高高兴兴地接受了。

我们总是把乡村和爱情联系在一起,这样联系很有道理。论与自己心爱的女人相衬的背景,莫过于蓝天、香气、鲜花、微风和田野或树林中明亮的僻静了。无论我们有多爱一个女人,有多么信任她,她的过去又在多大程度上为她将来的行为打了包票,我们依然或多或少会感到嫉妒。如果你曾经爱过什么人,而且是认真地爱过,你一定想把你意欲独占的人和全世界隔绝开来。无论自己心爱的女人对周遭环境如何不以为意,一旦和男人或事物接触,她似乎就会失去香气,变得不再完整。我比其他任何人都强烈地感受到了这一点。我的爱情不是一种普通的爱,而我却像一个普通生物所能做到的那样去爱,但我的爱人是玛格丽特·戈蒂埃，也就是说我在巴黎每走一步都可能会撞上她旧日的情人，或是即将成为她情人的人。而在乡下，我们身边尽是从未见过的人，他们也不关心我们。在这片一年只此一回，远离都市喧嚣的大自然中，春天完全地展露了自己的身姿，我可以把自己的爱藏起来，无须再心怀愧疚、忧心忡忡地去爱了。

在这里，那个妓女一点点地消失了。我身边多了一个叫作玛格丽特的青春靓丽的女人，我爱她，她也爱我。过去的种种已悄然消散，前途不再阴云密布。在太阳的照耀下，我的情妇熠熠生辉，就像它曾宠爱过的最贞洁的未婚妻一样。我们二人一起漫步于这般盛景之中，此地似乎是专门为了让人回忆拉马丁[1]的诗句，抑或是哼唱斯库多[2]的旋律而创造的。玛格丽特身着一袭白色长裙倚在我的臂弯中，在星空下对我重复前一天她对我说过的话。远方的世界继续运行着，并未将其阴霾投在写满了我们青春和爱意的欢乐画卷上。

那天，沐浴着穿过树叶的炙热阳光，我做了上述美梦。我们在一座河心岛边停靠，我躺在草地上。脱离了以前束缚着自己的一切社会关系之后，我任由思绪恣意奔腾，对一切关于未来的美好憧憬照单全收。

从我所待的地方还能看到岸边的一座精致的三层小楼，四周是半圆形栅栏，屋前有一片有如天鹅绒般平整的草地，屋后则是一座神秘的小树林，十分幽静，前一日在苔藓上踏出的足迹第二天就会消失得无影无踪。

---

[1] 拉马丁（Lamartine，1790—1869）：法国浪漫主义诗人，著有《沉思集》等诗集。
[2] 斯库多（Scudo，1806—1864），19世纪法国音乐家。

某些攀缘植物的花长满了这座无人居住的房子的台阶，一直长到了二楼。

我盯着这座房子看了很久，最终甚至以为它是属于我的，因为它十分贴近我梦想中的居所。我仿佛看到玛格丽特和我住进了这座房子，我们白天在山丘上的树林里游荡，夜里在草坪上席地而坐。我不禁自问，尘世间还能找得出比我们更幸福的生灵吗？

"多漂亮的房子！"玛格丽特顺着我的视线看过去说。也许我俩的心意不谋而合。

"哪儿呢？"普律当丝问。

"那儿。"玛格丽特用手指给她看。

"啊，确实很不错。"普律当丝说道，"你中意这套房子吗？"

"我喜欢极了。"

"那还不简单，你叫公爵替你租下来，我敢说他一定会同意的。如果你愿意，这事交给我来办。"

玛格丽特看向我，似乎是在征求我的意见。

我的美梦已随普律当丝的最后几句话破灭。我被猛地拉回现实，还没回过神来。

"确实，这是个好主意。"我结结巴巴地答道，不知道自己到底在说什么。

"那么这事就包在我身上了。"玛格丽特握住我的手说，她顺着自己的意思解释我的话，"我们赶紧去看看它是否在找租客。"

房子是空着的，租金为两千法郎。

"你待在这里会感到幸福吗？"她问我。

"我真的能来吗？"

"如果不是为了你,那我到这儿来又是为了谁呢?"

"那玛格丽特,请让我来租这座房子吧。"

"你疯了吧?这样做不仅没有意义,而且很危险。你很清楚我只能从一个男人手中接受它。让我来,你这个大孩子,什么都别说。"

"这样的话,如果我得了空就来和你们一起住。"普律当丝说。

我们离开房子起程返回巴黎,一路上还在讨论这个新的决定。我把玛格丽特搂在怀里,到我下车的时候,已经可以用不那么苛求的眼光看待我情妇的计划了。

第十七章

第二天玛格丽特很早就赶我走,说是因为公爵一大早就要来,并答应我他一走就给我写信,好约定每晚在何时何地见面。我确实在白天收到了以下这封信:

我和公爵去布日瓦勒了,今晚八点在普律当丝家见。

玛格丽特在约好的时间准时回到了迪韦努瓦夫人家和我碰头。

"好了,一切都办妥了。"她进门时说。

"房子租到了吗?"普律当丝问。

"嗯,他当场就答应了。"

我并不认识公爵,但像我现在这样骗他让我感到羞愧。

"还没完呢!"玛格丽特接着说。

"还有什么事?"

"我还把阿尔芒的住处也安排好了。"

"在同一幢房子里吗?"普律当丝问的时候自己都笑了。

"不，在曙光饭馆，我还和公爵一起在那儿吃了午饭。趁他欣赏风景的当儿，我向阿尔努夫人，她是姓阿尔努，对吧？我向她打听有没有合适的房间能租给我。巧了，她正好有一套带客厅、会客室和卧室的套间在找租客。我觉得这样就齐全了。一个月租金是六十法郎，房间陈设齐全，足以让害忧郁病的人高兴起来。我做主把房间订下来了，我做得怎么样？"

我一把将玛格丽特拥入怀中。

"这妙极了。"她继续说，"你拿一把小门的钥匙，我答应公爵给他一把栅栏的钥匙，但他不会要的，因为他要来也只会在白天来。跟你们说，我觉得他对我的这次任性很满意，因为这样我就会远离巴黎一段时间，他家里也能少传些闲话。不过他也问我，像我这样热爱巴黎的人怎么会想要隐居到这里的乡下来。我告诉他因为我身体不好，想来休养。他看上去并不十分相信我。这个可怜的老头一直身陷绝境。我们必须得十二分小心，我亲爱的阿尔芒，因为即便到了那儿他也会派人监视我，而且我不仅要靠他支付房子的租金，还有债要让他还呢。不幸得很，我还背着几笔债。你看这样安排对你合适吗？"

"合适。"尽管我对这种生活方式不太乐意，但我还是努力把这种心情压了下去。

"我们把那幢房子里里外外逛了一遍，我们将来住进去指定称心。公爵把一切都包圆儿了。啊，我亲爱的！"她快乐得像疯了似的，抱着我亲，"你可真走运，你的床可是由一个百万富翁给你铺的。"

"你准备什么时候搬进去？"普律当丝问。

"越快越好。"

"马和马车要带上吗？"

"我要把整个家都搬过去，我不在的时候请你替我照应一下我的公寓。"

一周后，玛格丽特就住进了那幢乡下的房子，而我则住进了曙光饭馆。

从此开始了一段我不知该如何向你描述的生活。

刚开始在布日瓦勒生活的时候，玛格丽特还无法完全改掉以前的习惯，这儿每天都像在过节，她所有的女友都来看她，在整整一个月的时间里，她的餐桌每天都要招待十来个人。普律当丝也把她的熟人往这儿带，还引他们到处参观，好像这幢房子是属于她的。

正如你所想的，一应开销全由公爵承担。然而普律当丝时不时就会以玛格丽特的名义向我讨一张一千法郎的钞票。你也知道我之前赢了一些钱，便急忙把玛格丽特托她向我要的钱给她，还唯恐不够她的实际需要，又去巴黎借了一笔钱，数目和我以前借的相同，当然过去那笔早就还清了。

于是我又拥有了一笔大约一万法郎的财富，这还没算我父亲给的补助。

然而玛格丽特招待朋友的兴致稍微冷却了一些，因为这种开销数额极大，她有时甚至不得不向我开口要钱。公爵在为玛格丽特租下了这座房子以供她休养之后便不再露面，他总是担心会撞上那一大帮恣意享乐的女伴，他并不想和她们打照面。有一天，他本想和玛格丽特两个人共进晚餐，却遇上了十五个不速之客，她们的午饭到了他认为已经是晚上的饭点还没有吃完。他毫无准备地推开餐厅门，迎接他的是一阵哄笑，面对屋内姑娘们肆无忌惮的笑声，他不得不立刻退了出去。

玛格丽特离开餐桌来隔壁房间找公爵，她说尽好话，想要让他忘却这段不愉快的经历。但老人的自尊心受到了伤害，最终还是难以释怀。他冷冰冰地告诉可怜的姑娘，他已经累了，不愿意一边出钱供一个女人挥霍，一边在她家里都无法受到尊重，说完他气呼呼地走了。

从那天起，我们再也没听到过他的消息。尽管玛格丽特随即遣走了她的那些客人，也改变了自己的生活习惯，但这些努力都白费了，公爵再也没有来过信。这一来倒是遂了我的意，我的情妇现在完全属于我了，我的梦想终于实现了，玛格丽特再也离不开我了。她在没有考虑清楚后果的情况下就公开了我们的关系，我也堂而皇之地住进了她的家里。用人们改口叫我老爷，正式把我当作主人来对待。

对于这种新生活，普律当丝曾苦口婆心地劝说玛格丽特，但后者回答说她爱我，她的生活离不开我，无论发生什么，她都不会放弃有我常伴身边的幸福。末了还加了一句："但凡有谁看不惯，大可以不再来这里。"

某天普律当丝告诉玛格丽特自己有非常重要的事跟她说，她们把自己关在一个房间里，我在房门外听到的就是以上这段话。

过了一段时间，普律当丝又来了。

她进来的时候，我正在花园靠里边的地方，她没有看见我。从玛格丽特迎上去的样子，我怀疑自己上回偷听过的对话又要重演一次。当然，我还是想知道对话的内容。

二人进了一个会客室，关上门，我扒着门缝凝神细听。

"你来干什么？"玛格丽特问。

"干什么？我去见了公爵。"

"他跟你说了什么？"

"他愿意原谅之前那件事情。但他知道你公开了和阿尔芒同居的事，这是他不能容忍的。'如果玛格丽特离开这个小伙子，'他对我说，'那我就会像从前那样对她百依百顺，否则她必须停止向我索取任何东西。'"

"你是怎么回答他的？"

"我说我会向你转告他的决定，我还向他保证给你讲道理，让你清醒过来。好好想想吧，亲爱的孩子，你丢掉的位子是阿尔芒永远也无法给你的。他虽然全心全意地爱你，但他始终没有足够的钱来满足你所有的需要。他总有一天会离开你的，到那时候就太晚了，公爵什么都不会愿意为你做了。你愿意让我和阿尔芒谈谈吗？"

玛格丽特似乎陷入了沉思，因为她没有回答。在等她开口的时候，我的心一直怦怦狂跳。

"不。"她回答，"我不会离开阿尔芒，也不会因为跟他同居就躲躲藏藏的。我这么做也许是疯了，但我爱他！你要我怎么样？而且他现在已经习惯了不受约束地爱我，哪怕每天只是被迫离开我一个小时，他也会痛苦得不得了。另外，我也活不了多久了，我不愿再去听从一个老头的差遣来让自己变得不幸，光是看到他我就觉得自己也变老了。让他留着他的钱吧，我不要了。"

"可你之后怎么打算呢?"

"我不知道。"

可能普律当丝本来还想说些什么,但我猛地冲了进去,扑倒在玛格丽特膝前。听到她这么爱我,我喜极而泣,倾泻而出的泪水打湿了她的双手。

"我的生命是属于你的,玛格丽特,你再也不需要那个人了。我不是在这儿吗?我怎么会抛弃你呢?难道我能还得清你给我带来的幸福吗?再也没有什么能束缚我们了,我的玛格丽特,我们彼此相爱!其余的事对我们来说都不重要了!"

"啊,是的,我爱你,阿尔芒!"她用双臂紧紧搂住我,喃喃道,"连我自己都没想到自己能有这么爱你。我们会幸福的,就这样平静地生活在一起。过去的生活我现在想起来就脸红,我和它永别了。你永远也不要责备我的过去,好吗?"

我哭得连话也说不出来,只能将玛格丽特紧紧抱在胸口来代替回答。

"去,"她转向普律当丝,颤声道,"请你把这一幕转述给公爵听,再告诉他我们用不上他。"

打这天起公爵再也不成问题了。玛格丽特不再是从前我认识的那个姑娘,她努力避免一切可能会让我想起初识时她所过的那种生活的事物。没有哪个妻子对丈夫的爱,没有哪个姐妹对兄弟的关怀,能和她对我的爱相提并论。这个体弱多病的女人随时都会动真感情。她同旧友断了来往,也同积习一刀两断。她的谈吐变了样,也不似以往那般大手大脚。我买了一艘漂亮的小船,如果有人正好看到从房子里走出来准备去河上泛舟的我们,任谁也不会相信这个身着白色长裙、戴着一顶大草帽、手臂上搭了一件简单的丝质外衣用来抵挡河上凉气的女人，竟会是那个玛格丽特·戈蒂埃。要知道仅仅在四个月前，她还以奢华的生活作风和风流韵事而闻名。

天啊！我们急匆匆地追求幸福，仿佛我们已经预料到这幸福光景不会长久似的。

有两个月的时间我们甚至不曾回过巴黎。除了普律当丝和我同你提过的朱莉·杜普拉之外，再也没人来访。我现在手上这份令人动容的记录正是玛格丽特后来交给朱莉的。

我整天依偎在我情妇的腿边。我们打开面朝花园的窗户，看着盛夏随着绽放的花朵到来；我们并肩立于树荫下，呼吸着真正的生活气息。这种生活是我和玛格丽特在此之前从未体味过的。

这个女人对微不足道的事也会表现出孩童般的惊奇。有些日子她会像十岁小孩一样追着一只蝴蝶或蜻蜓跑。这个女人曾为买花这件事花钱如流水，花费的金额甚至超过足以让一个家庭过得舒舒服服的钱，现如今她有时只是为了凝望那一朵与她同名的小花[1]，就可以在草坪上坐整整一个小时。

也是在这段时间里，她一直在读《曼侬·莱斯戈》。我好几次碰见她在书上做批注，还总跟我说当一个女人陷入爱情时，是不会像曼侬那样行事的。

公爵给她写了两三回信，她认出了笔迹，拆也不拆就把信交给了我。

---

1 玛格丽特的名字在法语里也有"雏菊"的意思。

有时信里的措辞连我看了都不禁为之落泪。

他满以为只要切断了对玛格丽特经济上的援助,她就会回到他身边。但当他发现这样做无济于事之后,他就再也忍不下去了。他又开始写信,像以前那样哀求让他回到她身边,无论她开出什么样的条件。

我读完这些反复哀求的信后就把它们撕了,并未向玛格丽特提及信的内容,也没劝她再去探望这位老人。尽管我对这个可怜的男人所经受的痛苦多少抱有同情,但我生怕劝她重新接待公爵这件事,会让她觉得我希望重新让公爵来承担这里的开销。我最怕的还是她以为我会逃避对她的责任,因为她的爱可能给我带来各式各样的后果。

公爵不见回音,便渐渐不再写信来了。而玛格丽特和我依然生活在一起,根本不考虑将来的事。

第十八章

要向你讲述有关我们新生活的细节并不容易,因为它由一连串近乎孩子气的琐事组成,在我们看来自然趣味无穷,而对那些曾经听我讲述的人来说,似乎并没有什么特别之处。

你知道爱一个女人是怎么一回事,你知道对于恋爱中的人来说白天过得有多快,晚上又怎样尽情缠绵直至天明。你不会不知道,一旦人陷入一段轰轰烈烈的恋情,恋爱双方彼此信任、开诚布公,那是足以让人忘却世间一切事物的。世上除自己心爱的女人以外的生物似乎都是多余的。人们会后悔自己以前为何要在别的女人身上花心思,认为除了现在掌心攥着的这只手外,自己不可能再去紧握别人的手。大脑既无心工作,也勾不起回忆,它只被一个念头牢牢占据,什么都不能让它分心。人每天都能在自己的情人身上发现一种新的魅力和之前未曾发掘的快感。人活着只是为了反复满足持续不断的欲望,灵魂不过是守护爱情圣火的守灶女神[1]。

---

[1] 守灶女神:即维斯塔贞女,又称护火贞女,是古罗马供奉灶神维斯塔的神庙中的女祭司,需要终身守贞。

在夜幕降临之后，我们经常造访那座俯瞰着房子的小树林。两人坐在林子里欣赏着属于夜晚的和谐旋律，心里不约而同地想着即将在彼此臂弯里度过的直至天明的缱绻时光。有时我们一整天都躺在床上，甚至都不让阳光照进房间里来。窗帘拉得紧紧的，有那么一会儿外面的世界与我们完全隔离开了。只有纳尼娜被准许进入房间，但这也仅限她给我们送饭的时候。我们连吃饭都不愿下床，不停地笑啊闹啊。然后我们会再睡一会儿，因为沉没在爱河中的我们就像两个顽强的潜水员，只有在换气的时候才会浮上水面。

然而有时候我还是会撞见玛格丽特愁眉不展的样子，有几回她眼里甚至噙着泪。我问她为什么突然这样，她是这么回答我的：

"亲爱的阿尔芒，我们的爱情并不是什么普通的爱情，你爱我的方式就好像我从来没有失身给别的什么人。我害怕万一你将来后悔了，拿我以前的事奚落我；我害怕你把我推回你将我从中救出来的那个世界。鉴于我现在已经尝到了新生活的滋味，要我再过那种旧生活是会逼死我的。我要你告诉我，你永远都不会离开我。"

"我向你发誓！"

闻听此言，她凝望着我的双眼，似乎想从中读出我的誓言是否发自真心，随即她扑进我怀里，把头埋在我胸口对我说：

"这是因为你不知道我有多爱你！"

一天晚上，我们倚靠在窗台的栏杆上，望着似乎好不容易才从云床里探出身子的月亮，听着风把树吹得沙沙作响。我们手牵着手，半晌没有说话，直到玛格丽特对我说：

"冬天要来了，你愿意和我一块出去走走吗？"

"去哪儿？"

"意大利。"

"你在这儿待厌了？"

"我害怕冬天，更害怕回巴黎。"

"为什么？"

"说来话长。"

她突然又自顾自地继续刚才的话题，却并没有向我解释害怕的原因：

"你想离开吗？我可以把全部身家都卖了，我们搬到那儿去生活。我的过去一点痕迹都不会留下，谁也不会知道我是谁。你愿意吗？"

"我们走吧，如果这样做能叫你快活，玛格丽特，那我们就去旅行。"我对她说，"但有什么必要把东西全卖了呢？你回来见着它们会感到安心的。我虽然没有那样大的一笔财产来回应你如此大的牺牲，但我至少有足够我们舒舒服服玩上五六个月的钱，如果这样能让你高兴，哪怕只高兴一点儿。"

"还是不去了。"说着，她离开了窗台，走到位于房间阴影处的长沙发旁坐下，"到那儿去浪费钱又有什么好处呢？我在这儿已经花了你很多钱了。"

"你在怪我，玛格丽特，这可不大气。"

"对不起，我的朋友，"她向我伸出手说，"这暴风雨搅得我神经衰弱，是我口不择言了。"

说完她吻了我，又陷入了长时间的沉思。

类似这样的情况发生了很多次，虽然我不清楚她为什么会这样，但我至少知道玛格丽特对未来感到担忧。她不可能是在怀疑我对她的爱，因为我对她的爱每天都在增长。然而我经常看到她郁郁寡欢的样子，可她除了推说身体不舒服之外，从不愿告诉我背后的原因。

我担心这种过于单调的生活会让她感到乏味，便向她提议回巴黎去，但她每次都一口回绝，并向我保证她在哪儿都不可能像在乡下这样幸福。

普律当丝也很少来了，但她的信却接连不断，我从未要求玛格丽特把信给我看，然而她每次收到信后都眉头紧锁，我实在猜不透其中的缘由。

有一天玛格丽特待在自己的房间里。

我走进房间时，她正在写东西。

"你在给谁写信呢？"我问她。

"给普律当丝，要我把信的内容读给你听吗？"

我很反感一切可能像是猜忌的行为，于是我回答玛格丽特自己不需要知道她写了些什么。然而我敢肯定这封信能为我揭开她重重心事背后的秘密。

次日的天气非常好，玛格丽特向我提议到克鲁瓦西岛去做一次水上泛舟。她看上去兴致极高，我们回来时已经下午五点了。

"迪韦努瓦夫人来过了。"纳尼娜看到我们进门便说。

"她走了？"玛格丽特问。

"对，坐夫人您的车走的。她说事情已经办妥了。"

"太好了，"玛格丽特急切地说，"给我们准备吃的吧。"

两天后普律当丝来了一封信。在后来的两周里玛格丽特似乎完全摆脱了那种神秘的忧愁，在它消失以后，她不停地要求我为此原谅她。

然而并不见有人把马车送回来。

"为什么普律当丝不把你的马车送回来？"一天我问她。

"两匹马中有一匹病了，马车本身也有地方需要修理。趁我们人在这里不需要用车的时候把事情解决了，要好过等到我们回巴黎再处理。"

普律当丝于数日后来访，向我证实了玛格丽特所说的话。

两位女士在花园里散步，当我过去加入她们时，她们就改变了话题。

晚上临走前，普律当丝抱怨起了寒冷的天气，求玛格丽特借她一件开司米披肩。

又这样过去了一个月。在此期间玛格丽特变得一天比一天快活，她对我的爱也与日俱增，超过了以前的任何一个时期。

然而马车和开司米披肩一直都没有回来。这一切都让我心生疑窦。由于我知道普律当丝的信都被玛格丽特放在哪儿了，我便趁玛格丽特在花园深处的当儿，奔到抽屉前试图打开它，但我这是白费力气，抽屉是锁着的。

于是我转而去翻找平时放首饰和钻石的抽屉，它们倒是毫不费劲就打开了，但原本在那儿的首饰盒全不见了，当然，里面的首饰也一并不翼而飞。

一阵恐惧猛地攫住了我。

我倒是想直接问玛格丽特它们究竟上哪儿去了,但她一定不会告诉我的。

"我的好玛格丽特,"于是我对她说,"我想请你允许我去一趟巴黎。我家里不知道我人在哪里,我爸也一定给我写了不少信,他应该非常担心我,我必须给他写封回信。"

"去吧,我的朋友,"她对我说,"但一定要早点回来。"

我离开后立即跑到普律当丝家。

"啊,"我开门见山地对她说,"你老实回答我,玛格丽特的马到哪儿去了?"

"卖了。"

"开司米披肩呢?"

"也卖了。"

"钻石呢?"

"当了。"

"这都是谁办的?"

"我。"

"你为什么不知会我一声?"

"因为玛格丽特不许我告诉你。"

"那你为什么不向我要钱呢?"

"因为她不愿意这样。"

"那么这笔钱拿来派什么用了?"

"还债。"

"她欠了很多钱吗?"

"她还欠三万法郎左右。真是的!亲爱的,我不是早跟你说过了嘛，你当时不肯相信我，现在好了，不信也得信了。公爵曾亲自为她向一个地毯商人作保，但后来商人去公爵那里吃了闭门羹，还在次日收到公爵的一封信，信中写道：他自己从此不会再给予戈蒂埃小姐任何帮助。这个人是来要钱的，但她只能分次付给他，我向你要的几千法郎就是拿去还债。后来有些好心人提醒他说这个债务人已经被公爵抛弃，她现在跟一个没有财产的年轻人生活在一起。其他债主也收到了同样的消息，他们纷纷前来讨债，并扣押了她的财产。玛格丽特本想把一切都卖了，但时间来不及，而且我也反对她这么做。债是不能不还的，但又不能问你要钱。为此她把马卖了，把开司米披肩卖了，首饰也全当了。你要看看买家的收据和当铺的当票吗？"说着，普律当丝拉开一个抽屉，把票据拿给我看。

"这下你相信了吧！"她用那种女人在占理时得理不饶人的口吻说，"你认为彼此相爱的两个人只要躲到乡下去过不食人间烟火的田园生活就行了吗？不，我的朋友，这远远不够。除了理想生活之外，还有物质生活。即便是再天真无邪的决定也会被庸俗但像铁链一样难以挣断的世俗所约束。如果说玛格丽特从来没有对你不忠，那是因为她天性纯良。我劝她是有道理的，因为我不忍心眼睁睁看着这个可怜的姑娘失去一切。可她不答应！她告诉我她爱你，不会因为任何事情欺骗你。所有这一切都太美了，太富有诗意了，但这些东西是没办法当作钱还给债主的。我再跟你说一遍，眼下除非她能弄到三万法郎，否则她就要走投无路了。"

"那么，这笔钱我来出。"

"你要去借钱吗？"

"上帝啊，那当然了。"

"你可要干出好事了，你会和父亲闹翻，经济来源也就断了，再说三万法郎也不是一夜之间就能变出来的。亲爱的阿尔芒，请你相信我，我比你更了解女人，别做傻事，否则总有一天你会后悔的。你要理智一点，我不是叫你离开玛格丽特，只是让你像夏天刚开始的时候那样和她生活。至于眼前的难关要怎么办，让她去想法子。公爵会一点点原谅她的。N伯爵昨天还跟我说，只要她接受自己，他就会为她还清债务，每个月再额外给她四五千法郎。他有二十万里弗的年金。这对她来说总算是个退路，而你总归要离开她的，别拖到破产了才这样做。况且这个N伯爵是个蠢蛋，你大可以继续同玛格丽特交往。一开始她可能会掉几滴眼泪，但她终究会习惯，未来某天还会感谢你为她做的事哩。你就当玛格丽特已嫁作人妇，你在给她丈夫戴绿帽子，就这样。

"这些话我已经同你讲过一遍，只是那时候还不过是建议，而眼下几乎已容不得你不这么做了。"

普律当丝的话虽然残酷，却句句在理。

"事情就是这样。"她说着，把刚刚给我看的票据收好，"妓女总是指望着别人来爱自己，却从不去爱别人；要么她们就把钱存起来，到了三十岁就能享受拥有一个贫穷的情人的奢侈。嗐，可惜我直到现在才领悟这些道理，要是我当时就能明白该有多好！总之，什么都不要告诉玛格丽特，就这样把她领回巴黎来。你已经和她一起过了四五个月，够快活了，而你现在该做的是睁一只眼闭一只眼。两个星期后她就会接纳N伯爵，冬天她过得节约一些，明年夏天你们又可以过这样的日子了。这世界就是这么运行的，亲爱的！"

普律当丝似乎对自己的高论颇为得意，但我气冲冲地拒绝了她。

不仅是因为我的爱情和尊严不允许我这样做，更因为我确信玛格丽特在经历了现在的生活后，宁可死也不愿同时委身给好几个人。

"别开玩笑了，"我对普律当丝说，"玛格丽特到底还缺多少钱？"

"我同你说过了，三万法郎左右。"

"什么时候要？"

"两个月之内。"

"她会拿到这笔钱的。"

普律当丝耸了耸肩。

"我会把钱给你，"我继续说，"但你得向我保证不告诉玛格丽特钱是我给你的。"

"放心吧。"

"另外，如果她再让你卖掉或者当掉什么东西，先通知我。"

"这点不用担心，她已经什么也不剩了。"

我先回了趟家，看看有没有父亲的来信。

有四封。

第十九章

在前三封信中,我父亲因为我的沉默而担心,他问我为什么不回信;到了最后一封信,他暗示自己已经听人说起过我生活方面的变化,并通知我他近期会来巴黎一趟。

我向来对父亲极为尊敬,同时又对他怀有诚挚的亲情。我回信告诉他我因为做了一次短途旅行,所以没给他写信,并请他提前告诉我抵达巴黎的日期,我好去接他。

我把自己在乡下的地址留给听差,吩咐他一收到盖着C城邮戳的信就把它给我送来,然后我就立即起程返回布日瓦勒。

玛格丽特在花园门口等我。

她的目光中流露出担忧。她扑进我怀里,忍不住问:

"你见过普律当丝了吗?"

"没有。"

"你在巴黎待了很久吗?"

"我收到了几封父亲的来信,必须写回信。"

没过多久,纳尼娜气喘吁吁地进来了,玛格丽特站起身,同她低声交谈了几句。

纳尼娜出去以后，玛格丽特重新在我身边坐下，握起我的手对我说：

"你为什么骗我？你明明去了普律当丝家。"

"谁告诉你的？"

"纳尼娜。"

"她又是从哪儿知道的？"

"她跟在你后头看见的。"

"你让她跟踪我了？"

"是的，你已经四个月没有离开过我了，所以我想你一定有什么重要的理由才会去巴黎一趟。我生怕你遇上了麻烦，或是去会别的什么女人。"

"真是个孩子！"

"现在我放心了，我知道你做了什么，但我还不知道她是怎么跟你说的。"

我把父亲的信拿给玛格丽特看。

"我没问你这个，我想知道的是你为什么到普律当丝家去了。"

"去看看她。"

"你在说谎，我的朋友。"

"好吧，其实我是去问她马好点儿了没，你的开司米披肩和首饰她还用不用了。"

玛格丽特脸红了，但没有作声。

"然后，"我接着说，"我知道了你的马、开司米披肩和钻石都上哪儿去了。"

"那么你怪我吗？"

"怪你怎么不找我要你需要的东西。"

"在一段像我们这样的关系中,如果女方还保有一点自尊心,那她是宁可自己做出一切可能的牺牲也不愿向她的情夫要钱的,这跟用卖春玷污了自己的恋情有什么两样?你爱我,这我毫不怀疑。但你不知道男人心中维系对我们这种女人的爱之弦有多么脆弱。谁知道呢,也许将来有一天你遇到了困难或是玩腻了,你会把我们的关系看成一场经过精心谋划的交易。普律当丝嘴巴也太松了,我留这些马有什么用?卖了它们是给我省钱,我完全可以过没有它们的日子,再也不用为它们花钱了。只要你始终爱我如一,这是我对你唯一的请求,就算没有了我的马儿、开司米披肩和钻石,你也会一样爱我。"

这番话说得那么自然,我听着听着不觉已热泪盈眶。

"可是,我的好玛格丽特,"我满怀深情地握住她的手,说道,"你知道我总有一天会知道你所做出的牺牲,到了那一天,我是不会容许你继续委屈自己的。"

"为什么呢?"

"亲爱的孩子,因为我是无法听任你出于对我的爱而损失哪怕一件首饰的;我也不愿意在困难和无聊的时刻,即便只有一分钟,你会觉得和另外一个男人生活可能会避免这些烦恼,因此后悔跟我在一起。几天后,你的马儿、钻石和开司米披肩就会物归原主。它们之于你的生命就如同空气一般重要。说来或许可笑,但我爱过着奢华生活的你胜过布衣粗食的你。"

"那也就是说你不再爱我了。"

"你胡说什么!"

"如果你爱我,你就会让我用自己的方式来爱你;而你所做的恰恰相反,你依然将我视作一个离了纸醉金迷的生活就过不下去的姑娘,在你眼里,你总是认为必须给我钱。你羞于接受我对你表现出的爱。尽管这并非出自你的本心,但你确实打算在将来某天离开我,所以你决定做得让别人挑不出一点毛病来。你做得不错,我的朋友,但我本来在你身上期待的要更多。"

玛格丽特作势要起身,我按住她说:

"我希望你能得到幸福,而且希望你没有什么可以埋怨我的,就是这样。"

"那我们就要分开了!"

"为什么,玛格丽特?谁能把我们分开?"我大声嚷道。

"是你,你不允许我了解你的情况,你看似在保护我的虚荣心,其实是为了满足你自己的虚荣心;是你,你让我继续过以前那种纸醉金迷的生活,想要保持我们在道德层面的差距;还是你,你不愿相信我对你的爱无关物质,不愿与我分享你的财产,有了它我们完全可以幸福地生活在一起。你宁愿弄得自己倾家荡产,因为你是某种可笑的偏见的奴隶。你以为我会把你的爱同马车和首饰相提并论吗?你认为虚荣对我来说就是幸福吗?人在孑然一身的时候,是可以仅凭虚荣心来获得满足,但当人心有所属的时候,虚荣心就变得不值一提了。一开始你是要替我偿清债务,进而透支自己的财产,最后把我包养起来!你这样能撑多久呢?两三个月?到那时再来过我向你提议的那种生活就太迟了,因为到时候你什么都得靠我,这是一个要面子的男人无法接受的。眼下你还有八千到一万法郎的年金,这笔钱足够我们生活了。我去卖掉多余的东西，这样一年也能多个两万里弗。我们租一间小小的公寓，就我们两个人住。夏天就到乡下去避暑，不过不用住得像这幢房子这样好，找一间小房子，能容得下我们两个人就行了。你独立了，我自由了，我俩都还年轻，看在老天的分儿上，阿尔芒，别再把我推回到以前那种身不由己的生活中去了。"

我无言以对，感激和爱情的泪水模糊了我的眼睛，我扑进玛格丽特怀里。

"我本想，"她接着说，"什么也不告诉你，自己把一切都搞定，先把债还了，再把新的住处安排好。等10月我们回巴黎的时候，一切也没必要瞒了。但既然普律当丝什么都告诉你了，那就不能先斩后奏了，得你先点头才行。你是否爱我到了这般程度呢？"

面对如此真挚的告白，谁能无动于衷呢？我发疯似的吻着玛格丽特的手，对她说：

"我什么都照你说的办。"

她独自决定的计划就这样成了我们的共识。

这下她可乐坏了，她又唱又跳，为自己的新居上演了一场小型庆典。她已经开始和我商量新家要安在哪个街区，内部要怎么布置了。

眼见她为这个决定感到如此幸福和自豪，仿佛这么一来，我俩就将永远在一起，今生今世也不分开了。

当然，我是不肯欠她情的。

我一下就决定好了自己的未来，对财产做了安排。我将从母亲那里得到的年金转赠给玛格丽特，尽管在我看来这笔钱远不足以补偿她为我做出的牺牲。

我还有父亲给的五千法郎年金，无论发生什么，这笔钱都足够我过活了。

我没有把自己的决定告诉玛格丽特，因为我确信她会拒绝这笔赠予。

这笔年金是一座房子抵押所得的六万法郎。我从没见过这座房子。我只知道每个季度我父亲的公证人——也是我家的一位老朋友——只凭我的一纸收据就会给我七百五十法郎。

我和玛格丽特去巴黎看房那天，我去拜访了这位公证人，向他咨询我该怎么将这笔年金转赠给另一个人。

这个善良的人以为我破产了，便问我为什么要这么做。反正我早晚都要告诉他新的受益人是谁，不如现在就向他交底。

虽然他兼具公证人和老朋友两重身份，完全有资格提出异议，但他并没有这样做，而是向我保证他会尽量把一切都安排周到。

当然，我嘱咐他一定要向我父亲保密，然后我回到了在朱莉·杜普拉那儿等着我的玛格丽特身边。她更愿意到这里来，而不是回自己家忍受普律当丝的说教。

我们开始找新房子，我们看过的每一间房子玛格丽特都觉得太贵，而我则嫌它们过于朴素。

不过我们终究还是达成了一致，决定把新家安在全巴黎最清静的街区之一，新居是一幢独立于主屋的小楼。楼后有一座美丽的花园，花园的围墙既不矮，足以将邻居同我们隔开，也没高到遮挡了视线。

这比我们最初料想的要好得多。

当我回家去退租的时候，玛格丽特去找了一个商人，她说这个人曾替她的朋友办过一件事,她现在要托他办同样的事情。

她在普罗旺斯街同我碰头,脸上喜气洋洋。

这个男人同意代她结清一切债务,除了证明结清的账单,还会给她两万法郎,条件是她放弃她的所有家具。

你也看到了,从拍卖会上的价格来看,这个正直的人从他的顾客身上赚了至少三万法郎。

我们欢天喜地地踏上了回布日瓦勒的路,路上继续你一言我一语地聊着对未来生活的畅想。由于我们卸下了心事,又沉浸在爱情之中,所以看什么都觉得无限美好。

一周后的一天,我们正在吃午饭,纳尼娜进来告诉我,我的听差想见我。

我让他进来了。

"先生,"他对我说,"您的父亲已经到巴黎了,他请您立刻回家,他在那儿等您。"

这个消息本来再平常不过,可我和玛格丽特听到后不觉面面相觑。

我们隐隐在这件事中嗅到了不祥的气息。

因此,尽管她并未向我表现出我们的共同感受,我还是将手伸给她作为回应:

"别担心。"

"你一定要早点回来,"玛格丽特吻了我后喃喃道,"我在窗口等你。"

我让约瑟夫告诉我父亲我立马就到。

确实,两小时后我就到了普罗旺斯街。

第二十章

我父亲穿着便袍坐在我家的客厅里写着什么。

从他抬起眼睛看我走进客厅时的神情,我立刻知道他要找我谈的问题非同小可。

然而我装作什么也没有看出来的样子,径直上前拥抱了他:

"亲爱的爸爸,您是什么时候到的?"

"昨天晚上。"

"还是一如既往地直接到我这儿来了吗?"

"是的。"

"我很遗憾没能去接您。"说完这句话后,我就准备迎接劈头盖脸的教训,毕竟他的面色可以说是冷若冰霜。但他什么也没有说,只是封好那封刚写完的信,把它交给约瑟夫让他去寄掉。

当屋内只剩下我们二人的时候,他站起身来倚靠着壁炉对我说:

"亲爱的阿尔芒,我有一些严肃的事情要同你谈。"

"我听着呢,爸爸。"

"你能保证说实话吗?"

"我一向如此。"

"你真的在和一个叫玛格丽特·戈蒂埃的女人同居吗?"

"是真的。"

"你知道她是一个怎样的女人吗?"

"她是一个妓女。"

"就是因为她,你今年才没有来看我和你妹妹吗?"

"是的,爸爸,是这样。"

"所以你很爱这个女人咯?"

"既然我为了她逃避了一项神圣的责任,我想答案也不言自明了。我今天也要为此诚心地向您请求原谅。"

我父亲似乎并未料到我这么痛快就承认了,因为他稍微思考了一下才接着说:

"我想你一定明白自己是不能像这样过一辈子的。"

"我曾经这样担心过,爸爸,但我并不明白为什么不能这样。"

"但你一定很清楚,"我父亲的语气越发生硬了,"那就是我是不会容许这种事情的。"

"我想只要自己不做有辱家门、败坏门风的事,我就可以继续现在的生活,这样一想我心头的忧虑仿佛就少了几分。"

爱情激烈地反抗着亲情。为了保住玛格丽特,我准备好了对抗一切,哪怕对方是我的父亲。

"那么是你换一种活法的时候了。"

"为什么,爸爸?"

"因为你即将做出一些败坏家族名声的事,既然你自己也很看重它。"

"我不懂您说这话的意思。"

"我这就解释给你听。你找了一个情妇,这很好;你像那些时髦人士所惯常的那样给她钱,这也没什么好说的,但你为了她忘却了自己最神圣的责任,任由自己生活作风方面的丑闻一直传到故乡,我传给你的光荣的姓氏也因此蒙羞。无论是现在还是将来,这件事都是不可容忍的。"

"爸爸,请允许我告诉您一件事,您之前所听说的关于我的传言不实。我确实是戈蒂埃小姐的情夫,我俩也确实住在一起,事实再简单不过了。我没有给她冠上我从您那儿继承的姓氏,我给她花的钱也没有超过我的能力范围,我没有为此背上债务。我的行为没有一条会让一个父亲对他的儿子说出刚刚您对我说的那些话。"

"看到自己儿子行差踏错,当父亲的总是有权把他拉回正道上来的。你确实还没做出什么坏事,但你即将会那么做。"

"爸爸!"

"年轻人,我比你更了解人生是怎么一回事。只有真正的贞女才有真正纯洁的爱情。无论岁月如何变迁,每个曼侬都会催生出新的德·格里欧。如果一个人光是增长年纪,却不改正自己的过失,那是没有意义的。你必须离开你的情妇。"

"很抱歉我不能照您说的做,爸爸,这事我办不到。"

"那我就强迫你这么做。"

"很遗憾,爸爸,以前用来流放妓女的圣玛格丽特岛已不复存在了。就算它还在,而您又把戈蒂埃小姐送了过去,我也一定会追随她的脚步。您要我怎么样呢?我可能不占理,但我只有在做这个女人的情人时才有可能幸福。"

"阿尔芒，你好好睁大眼睛看看，你难道忘了爸爸一直爱着你，我生平唯愿你获得幸福。你像丈夫一样和一个人尽可夫的姑娘同居，你觉得这很光荣吗？"

"只要她从此以后不再同别人上床，那又有什么关系呢？只要她爱我，而且由于我们彼此之间的爱情而重获新生，那又有什么关系呢？最重要的是，如果她真心悔改，那又有什么关系呢？"

"我的天！年轻人，你认为一个有身份的男人的使命就是去感化那些妓女吗？难道你认为上帝为人生设定的是这么一个奇怪的使命，除此之外人就不能有别的热情吗？当你四十岁的时候，这份良苦用心会收获怎样的结果，你又会怎么看待自己今天这番言论呢？你会嘲笑自己的爱情，如果你还笑得出来，而且它并没有在你已经度过的岁月中刻下太深的烙印的话。假使你的父亲曾经也像你一样，将全部精力都投入爱情的旋涡，而不是秉持荣誉和忠诚的信念建立家庭、成就事业的话，你现在会是什么样呢？好好想想吧阿尔芒，别再说这样的蠢话了。听着，离开这个女人吧，你的父亲求你了。"

我一言不发。

"阿尔芒，"我父亲继续说，"看在你圣洁的母亲的分儿上，相信我，结束这种生活，你忘记它的速度会比你自以为的还要快。你给它生套的那套理论是行不通的。你已经二十四岁了，应该考虑自己的未来了。你不会永远爱这个女人，就像她不会永远爱你一样。你俩都夸大了这段恋情。你是在葬送自己的整个职业生涯。再往前走一步，你就将永远深陷泥潭，而且一生都将为自己青年时代的荒唐而悔恨。走吧，回去和你妹妹待上一两个月。休息和家庭的温暖将会治愈你这种狂热，因为它只是一种狂热。

"在此期间，你的情妇也会走出来，她会再找一个情夫。当你看到自己差点儿为了这样一个女人和自己的父亲反目，差点儿失去了他的爱，你会向我承认我此行实在是明智之举，你也会因此而感谢我的。

"好了，你一定会和我回家的，对吗，阿尔芒？"

我认为父亲说的话确实适用于任何一个女人，但我也很肯定它唯独不适用于玛格丽特。然而他说最后几句话时的语气是那么温柔，简直几乎是在哀求，这让我不敢回答他。

"怎么样？"他的声音显得颇为激动。

"怎么样？爸爸，我什么也不能答应您。"我终于开了口，"您对我要求的事超过了我的能力范围，请相信我。"看见他做了一个不耐烦的手势，我接着说，"您夸大了这段恋情的后果，玛格丽特不是您想的那种姑娘。这份爱不仅绝不会把我引到邪路上，反而会在我身上催生出最高尚的情感。真挚的爱情总是会引人向善，无论是什么样的女人把它激发出来的。如果您了解玛格丽特，您就会知道我一点危险都没有。她就像最尊贵的贵妇一样高尚。别的女人有多贪婪，她对物欲就有多淡泊。"

"任你说得天花乱坠，也似乎没有妨碍她接受你的全部财产嘛。你听清楚了，你从你母亲处继承又转赠给她的六万法郎，是你唯一的财产。"

我父亲也许是特意将这句威胁的话留在最后，好给我致命一击。

我面对威胁要远比面对哀求时更坚强。

"谁告诉您我要将这笔钱转赠给她的?"

"我的公证人。一个像他那样正直的人会在没有通知我的情况下就擅自行事吗?是的,我正是为了不让你因为一个姑娘毁掉自己而来巴黎的。你母亲死时给你留这笔钱是为了让你能体面地生活,而不是让你拿去在情妇面前摆阔的。"

"爸爸,我向您保证玛格丽特不知道这笔钱的事。"

"那你为什么要这么做呢?"

"因为玛格丽特——这个您侮辱完又命令我抛弃的女人——牺牲了她的全部财产,只为和我生活在一起。"

"而你接受了这份牺牲?那你是什么男人啊,先生,竟心安理得地允许一位玛格丽特小姐为你牺牲什么东西?好了,闹够了吧。你必须离开这个女人。刚刚我算是在求你,现在我是在命令你,我不能容忍家里出现这样的丑事。立刻收拾行李,准备跟我走。"

"对不起爸爸,"我说,"我不会离开的。"

"为什么?"

"因为我已经到了可以不服从命令的年纪。"

听到我的回答,我父亲的脸变得惨白。

"很好,先生,我知道自己应当做什么了。"

他拉响了铃。

约瑟夫进来了。

"把我的行李运到巴黎旅馆去。"他对我的听差说,自己则走进房间换衣服。

他再出来的时候,我走到他跟前。

"爸爸,请您向我保证,"我对他说,"您不会做任何可能伤害玛格丽特的事。"

我父亲停下脚步,轻蔑地看着我,只是对我说:

"我觉得你疯了。"

说完,他走出屋子,重重地把门摔上。

我也下了楼,坐上一辆双轮马车就回布日瓦勒去了。

玛格丽特在窗口等着我。

第二十一章

"你可算回来了!"她嚷嚷着扑进我怀中,"看看你,脸色白成这样!"

我便将自己与父亲见面的经过告诉了她。

"啊,上帝!我也猜到是这样。"她说,"约瑟夫来通知我们你父亲抵达的消息时,我就觉得事情不妙,人一直在抖。可怜的朋友,是我害你受苦了。也许你离开我,总好过同自己父亲闹翻。虽然我完全没有伤害他。我们生活得很平静,以后还会更平静。他很清楚你总得有个情妇,那他应该庆幸那个情妇是我,因为我爱你,也不会对你提出非分的要求。你对他讲了我们未来的打算吗?"

"说了,但这是最让他恼火的一件事,因为他从中看到了我们倾心相爱的证据。"

"那接下来怎么办?"

"我们要待在一起,我的好玛格丽特,静待暴风雨过去。"

"它会过去吗?"

"它一定会过去的。"

"但你父亲是不会就此罢休的。"

"你觉得他会怎么做?"

"我哪知道!只要是能让儿子服从父亲的事,他怕是都做得出来。他可能会向你重提我的过去,甚至可能降贵纡尊为我编出一些新的'事迹',只为了让你抛弃我。"

"你很清楚我爱你。"

"我知道,但我也知道一个人早晚是要屈从于自己父亲的,也许你最后也会被他说服。"

"不,玛格丽特,是他会被我说服。他是因为听信了几个朋友的闲话才大发雷霆的,但他是一个心地善良的正人君子,他会回心转意的。再说了,这到底又有什么要紧的!"

"阿尔芒,别这么说,我怎么都行,就是不愿意让别人认为是我害你们父子失和的。今天就算了,明天你再回巴黎去。你父亲会像你一样从自己的角度好好考虑的,也许你们能更好地理解彼此。不要触犯他的原则,要装成向他的要求做出让步的样子,别在我的事情上过于坚持,这样他就会让事情顺其自然地发展。要心怀希望,我的朋友,有一件事你可以肯定,那就是无论发生什么,你的玛格丽特都会陪在你身边。"

"你能向我发誓吗?"

"有这样的必要吗?"

被心爱之人的话语所规劝是多么温馨的一件事啊!玛格丽特和我一整天都在反复讨论我们的计划,仿佛我们意识到了应该尽快实现它。我们无时无刻不在等待发生些什么,所幸的是,这一天就这样风平浪静地过去了。

第二天上午，我十点出发，在将近中午时分抵达了旅馆。

我父亲已经出去了。

我回到自己家，以为他会在那里，然而没有人来过。我又去了公证人那儿，也找不到人。

我又回到旅馆，一直等到下午六点钟，杜瓦尔先生依旧没有回来。

我便踏上了回布日瓦勒的路。

我发现玛格丽特并没有像前一日那样等着我，而是坐在炉火边，已经到了需要生火的季节。

她整个人陷入了沉思，我走近她的扶手椅的时候，她既没有听到我的脚步声，也没有回过头来。我亲吻她的额头，她打了一个哆嗦，好像这个吻把她惊醒了。

"你吓到我了。"她对我说，"你父亲那里怎么样了？"

"我没见着他，我不知道这意味着什么。无论是旅馆，还是任何他有可能出现的地方都见不到他的人影。"

"别泄气，那就明天再去。"

"我很想等他派人来找我，我认为自己已经做了一切应该做的。"

"不，我的朋友，这远远不够，你一定要再到你父亲那儿去，尤其是明天。"

"为什么非得是明天而不是别的哪一天呢？"

"这是因为，"听到这个问题，玛格丽特的脸微微发红，她说，"这样做会使你显得更为坚定，你父亲也会更快宽恕我们。"

在这天剩下的时间里，玛格丽特心事重重，整个人心不在焉，情绪也很低落。我每次和她说话都不得不说两遍才能得到回答。她说这是因为两天里发生的事使她对前途感到担忧。

我花了一整晚来安慰她，第二天她催我动身的时候显得尤为不安，我也不知道是为什么。

像前一天一样，我父亲不在，但他出门前给我留了封信：

如果你今天再来看我，等我到下午四点。如果到了四点我还没回来，明天来和我吃晚饭，我一定要跟你谈谈。

我一直等到信上说的时间，父亲没有回来，我便离开了。

前一日我发现玛格丽特愁云惨淡，这一天我发现她发起了烧，情绪很是激动。看到我进来，她便搂住我，在我怀里哭了很久。

她越哭越伤心，我不禁乱了阵脚。我问她为什么突然这么伤心，她给出的理由一个也说不过去，全是一个女人不愿说真话时所找的借口。

等她稍微平静了一些，我把此行的结果告诉了她，还把父亲的信拿给她看，好让她知道从信的内容来看，我们不是没有希望的。

她看到这封信，听到我对此发表的意见，泪水反而彻底决堤，我不得不叫来纳尼娜帮忙。我俩担心她的神经衰弱又犯了，便把这个哭得一个字都说不出来的可怜姑娘扶到床上躺下，但她紧握住我的手，不住地亲吻它们。

我问纳尼娜，在我外出期间她的主人有没有收到什么信或是接待什么人,以至于她变成现在这副模样。但纳尼娜回答我谁也没来过,也没人送来过什么东西。

然而前一日肯定发生了什么,我的内心因玛格丽特的竭力隐瞒而越发不安。

到了夜里,她似乎稍微平静了一些,让我坐在床尾,对我一遍又一遍地诉说爱的誓言。然后她向我露出了微笑,只不过笑得很勉强,因为无论怎么努力,她眼里始终噙着泪。

我使出浑身解数想要让她道出这份悲伤后的实情,但她坚持只用已经对我说过的那些理由打发我。

最终她在我的臂弯中睡着了,但这样睡非但不能让她得到休息,反而损害了她的健康。她不时发出一声惊叫,随后从梦中惊醒,在确认我好好地陪在她身边之后,她便要求我向她发誓会永远爱她。

这种断断续续的折磨一直持续到第二天早上,我始终如坠云雾。玛格丽特终于坠入了梦乡,她已经两晚没有好好睡觉了。

她并没能休息多久。

快到十一点时玛格丽特醒了,看到我已经起床,她环顾四周,叫道:

"你准备要走了?"

"不是。"说着,我握住她的手,"我想让你再睡会儿,时间还早呢。"

"你什么时候去巴黎?"

"下午四点。"

"这么早?在那之前你都会陪着我的,是吗?"

"当然,我不是一直都这么做的吗?"

"我真幸福!"

"我们吃午饭好吗?"她心不在焉地问。

"你想吃,我们就去吃。"

"然后一直到你出发为止,你都抱着我好吗?"

"好,而且我会尽量早点回来。"

"你要回来?"她用惊恐的眼神看着我。

"当然了。"

"啊对,你今晚是要回来的,而我会等你,一如既往地,你会继续爱我,我们将会一直幸福下去,这份幸福从我们认识那天起就存在了。"

这番话说得很是吞吞吐吐,它似乎隐藏了一份极为深刻的痛苦,以至于我时刻都在担心玛格丽特会不会发疯。

"听着,"我对她说,"你病了,我不能这样放着你不管。我会写信给我父亲叫他别等我了。"

"不!不!"她突然叫起来,"别这样做,否则你父亲又会责怪我在他想见你的时候阻止你去他那儿了。不!不!你一定得去,没得商量!而且我也没病,我好得不得了。我只是做了一个噩梦,然后又没完全睡醒罢了!"

打这一刻起,玛格丽特努力让自己表现得高兴一些,她不再哭了。

我到点应该出发了,我吻了她,问她愿不愿意送我到火车站。我希望走走路能让她散散心,呼吸新鲜空气则能让她身体好受一些。

其实我主要还是为了同她多待一会儿。

她同意了,拿上一件大衣,带上纳尼娜一起出了门,这样回来的时候好有个伴儿。

我有好几次都差点儿决定不走了,但想着快去就能快回,又怕失约会让父亲对我的不满进一步加剧,这些想法支持着我登上了前往巴黎的列车。

"今晚见。"我在离别时对玛格丽特说。

她没有回答我。

曾经有一次她没有回答我的这句话,你可能还记得,就是G伯爵在她家过夜那次。但那是很久以前的事了,它似乎已从我的记忆中消失了。如果说我在担心什么的话,那也一定不是怕玛格丽特会背叛我。

我一到巴黎就赶到普律当丝家,求她去看看玛格丽特,希望性格热烈和乐天的她能给玛格丽特解闷。我没等人通报就进去了,在化妆室找到了普律当丝。

"啊!"她不安地对我说,"玛格丽特和你一起来的吗?"

"她没来。"

"她怎么样?"

"她身体不舒服。"

"那她不来了吗?"

"她一定得来吗?"

普律当丝脸红了,回复我的时候明显带着尴尬:

"我是想说,既然你来了巴黎,她不来这儿跟你碰头吗?"

"她不来。"

我望着普律当丝,她垂下了双眼,从她的面部表情能看出她很怕我继续待着。

"我亲爱的普律当丝,我就是来请你今天晚上去看看玛格丽特,如果你没别的事要干。你可以给她做个伴,你今天干脆睡在那儿好了。我从来没见过她今天这个样子,我真怕她会病倒。"

"今晚我要在城里吃饭,"普律当丝回答我,"不能去看她了,但我明天会去看她。"

我向普律当丝告别,她看上去似乎和玛格丽特一样忧心忡忡。我来到了父亲下榻的旅馆,他一看到我就把我仔细打量了一番。

他向我伸出手来。

"你的两次来访使我感到高兴,阿尔芒。"他对我说,"这让我重新燃起了希望。你大概也像我一样替我考虑过了。"

"爸爸,我能否冒昧地问您一句,您考虑下来的结果如何?"

"我的朋友,结果就是我认为自己夸大了别人打的小报告的重要性,决定不再对你过分严苛。"

"爸爸,您说的是真的吗?"我快活地叫出来。

"亲爱的孩子,既然一个小伙子总归要找个情妇,根据我最新了解到的情况,我宁愿你找的是戈蒂埃小姐而不是别的什么人。"

"我的好爸爸,您能这样说,我真的感到无比幸福!"

我们又这样谈了一会儿,就在餐桌边就座了,整顿晚餐我父亲都表现得和蔼可亲。

我迫不及待地想要赶回布日瓦勒去和玛格丽特分享这个喜人

的变化。我不停地看钟。

"你一直在看时间。"我父亲对我说,"你急着抛下我。呵,年轻人啊!你们总是像这样献祭真诚的感情去换取虚无缥缈的爱情。"

"爸爸,别这么说玛格丽特,对此我敢打包票。"

我父亲没有说话,对我的话,他看上去既不怀疑也不相信。

他极力坚持要我留下陪他一晚,第二天再走。但我告诉他我把病中的玛格丽特一个人留在家里,请他让我早点回去照顾她,并保证第二天一定再来。

天气很好,他陪我到站台。我从未像今天这样幸福,我一直以来所追寻的未来就在眼前。

我比从前任何时候都更爱我父亲。

在我即将离开的时候,他最后一次试图挽留我,我拒绝了。

"所以你非常爱她咯?"他问我。

"我爱得发了疯。"

"那你就去吧!"他用手扫过额头,好像想从脑中赶走某个念头,又张嘴似乎要告诉我什么事,但他最后只是和我握了握手,然后突然抛下了我,大声说:

"那就明天见吧!"

第二十二章

我觉得列车压根儿没动。

我在晚上十一点回到了布日瓦勒。

房子没有一扇窗亮着灯,我拉响了门铃,没有人应门。

这是我头一回遇到这样的情况。最后园丁出来了,我走进屋子。

纳尼娜拿着灯过来,我来到玛格丽特的房间。

"太太上哪儿去了?"

"太太去了巴黎。"纳尼娜回答我。

"去巴黎!"

"是的,老爷。"

"什么时候走的?"

"您走后一个小时。"

"她就没有什么东西让你转交给我吗?"

"什么也没有。"

纳尼娜走开了。

她可能心里犯嘀咕,所以要去一趟巴黎,证实我说上父亲那儿去只是一个为了换取一天自由的借口。

也许普律当丝因为什么重要的事给她写了信。当只剩我一个人的时候，我这么想。但我一到巴黎就去见了普律当丝，她说的话里完全没有哪句让我觉得她曾给玛格丽特写了信。

突然我想起当我告诉她玛格丽特病了的时候，迪韦努瓦夫人问我的那个问题——"那她不来了吗"。我还想起她问完这句话后，我看向她时她那种尴尬的神色，现在想来这似乎暴露了她们事先有约的事情。我又想起玛格丽特一整天都哭得跟个泪人似的，后来因为父亲热情的招待，我心中的担子才稍微放下了一些。

从这一刻起，当天发生的事都开始围绕着我最初的怀疑打转，一点点地加重了我的疑心，一切证据——甚至我父亲宽容的态度——都证实了这种怀疑。

玛格丽特几乎是强行把我赶到巴黎去的，当我提出要留在她身边的时候，她就故作镇静。我是不是上了她的当？玛格丽特是不是在骗我？她是不是原本准备及时赶回来，这样我就不会发现她曾经出去过了，但被意外事件拖住了脚步？为什么她什么也没有跟纳尼娜交代，也没有给我写信呢？她流的这些眼泪、她的不辞而别、她神秘的表现到底掩藏了什么呢？

以上就是我在这个空房间里惴惴不安地思考的问题。我的双眼一直没离开过钟，指针已经走到了十二点，似乎是在告诉我，要想见到情妇回来已经太晚了。

然而，我们刚决定了今后的生活，彼此做出了牺牲又接受了对方的牺牲，她当真还会欺骗我吗？不可能。我竭力想要将我最初的怀疑清理出去。

也许可怜的姑娘为家具找到了一个买主，所以到巴黎去签约了。她之所以没有通知我，是因为她知道，尽管我接受了这次拍卖对于我们未来的幸福而言是必要的这一事实，但我仍然为此感到痛苦。她害怕跟我提起这件事会伤了我的自尊心，刺激我敏感的神经。她宁愿等到一切都尘埃落定再露面。普律当丝显然是为了这件事在等她，却在我面前露了馅。玛格丽特今天大概是没能完事，就睡在了普律当丝家里；也许她一会儿就回来，因为她料到我会担心，肯定不会丢下我一个人的。

那么她流的那些眼泪是怎么回事呢？不管这个可怜的姑娘有多爱我，要她不流一滴眼泪就割舍掉长久以来的奢靡生活是不可能的，毕竟她那样生活得很幸福，令人艳羡。我当然会体谅玛格丽特这种依依不舍的心情。我焦急地等待她的归来，在用热吻迎接她的同时，我也会告诉她我已经猜到了她神秘失踪的原因。

然而夜越来越深了，玛格丽特还是没有回来。

我变得越来越焦虑，她可别是遇上了什么事儿！她也许受了伤，生了病，甚至是，丢了命！难道将会有一个信使来向我报告某个噩耗？可能到天亮我还是会像眼下一样焦虑和担忧。

玛格丽特成谜的行踪使我方寸大乱，在这种心理状态下，我不再认为自己遭到了欺骗。一定是有什么她自己也无法左右的事情绊住了她，不让她回到我身边来。我越想越确信她遇上的不是普通的麻烦。

啊，人类的虚荣心啊，你真是千变万化啊！

凌晨一点的钟声敲响了，我决定再等一个小时，如果到了两点玛格丽特还没回来，我就动身去巴黎。

等待的时候，由于我不敢再胡思乱想，便想找书看。

《曼侬·莱斯戈》在桌子上摊开着。我觉得有好些页似乎是被泪打湿的。我信手翻了几页，重新合上书，由于我忧心忡忡，书中的文字对我毫无意义。

时间流逝得很慢。天空乌云密布，秋雨打在窗子上。有几次我把空荡荡的床看成了坟墓，我害怕极了。

我打开门凝神细听，只听到风在树木间穿梭，但并没有听到马车行驶的声音。教堂的钟凄凉地敲响了半点钟。

到了这会儿，我反而开始害怕有人来了。时间这么晚，天气又糟糕，会找上门来的一定不是好事。

凌晨两点的钟声敲响了。我又等了一会儿，万籁俱寂，只剩钟发出的单调而有节奏的嘀嗒声。

最后我离开了这个房间，由于我的内心孤独又不安，即便是房间里最小的东西也增添了愁云惨淡的气氛。

在隔壁房间我发现了正趴在活计上睡觉的纳尼娜。开关门的声音把她吵醒了，她问我是不是女主人回来了。

"她没回来，万一她回来了，你就告诉她我担心得不行，没办法只好去巴黎一趟。"

"在这个点出门？"

"是的。"

"可怎么去呢？您现在是叫不到马车的。"

"我走着去。"

"但外面下着雨呢。"

"那有什么关系？"

"太太会回来的，就算她不回来，等到白天您总来得及探个究竟。您现在出门会在路上被人杀死的。"

"不会有危险的，我的好纳尼娜。明天见。"

这个老实的姑娘找来了我的大衣并帮我披上，又说要去替我叫醒阿尔努夫人，问她能不能叫到一辆马车。但我拒绝了她的提议，深信这个尝试大抵不会成功，反而会浪费比赶一半路还多的时间。

而且我需要呼吸新鲜空气，也需要肉体层面的疲劳，好缓解一下自己眼下过分亢奋的情绪。

我拿上安坦街公寓的钥匙，纳尼娜一直把我送到了铁栅栏处，我向她道别后就出发了。

我一开始是跑步前进的，但由于地面刚被雨水浸湿，因此我比平时累两倍。这样跑了半个小时以后，我已经湿透了，不得不停下脚步。我稍作休整，又开始赶路。天黑得伸手不见五指，我无时无刻不在担心自己会撞上道边的哪棵树，它们会突然出现在我面前，仿佛向我迎面冲来的巨大幽灵。

我碰到过一两辆拉货的马车，我很快把它们甩在了身后。

一辆四轮马车飞快地向布日瓦勒方向驶来，当它驶到我面前的时候，我心里燃起了希望：玛格丽特在这辆马车上。

我停下来大声呼唤："玛格丽特！玛格丽特！"

但没有人回应我，四轮马车依然飞速赶路，我望着它远去，随后又踏上去巴黎的路。

走了两个小时以后，我抵达星形广场的栅栏门。

看到巴黎的街景，我又来了劲儿，我沿着那条走过无数次的长长的坡道一路往下跑。

那一夜，路上一个行人也没有。

我好像是在一座死去的城市里散步。

天色慢慢亮了起来。

当我抵达安坦街时，巨大的城市稍微动弹了一下，但尚未完全苏醒。

当我走进玛格丽特家时，圣罗格教堂敲响了凌晨五点的钟声。

我向看门人报上名字，他以前收了我很多二十法郎的硬币，知道我是有权在凌晨五点进入戈蒂埃小姐家的。

于是我顺利地进去了。

我本可以直接问他玛格丽特在不在家，但他可能会给出否定的答案。我宁可让这个问题多悬而未决一会儿，因为只要没有尘埃落定，我就还能心存侥幸。

我把耳朵贴到门上，想要捕捉到一点声音或动静。

什么也没有。乡间的静谧似乎一路延续到了这里。

我推开门走了进去。

所有的窗帘都拉得紧紧的。

我拉开餐厅的窗帘，然后走向卧室把门推开。

我冲向窗帘绳，使劲一拉。

窗帘被拉开了，一道微弱的阳光穿了进来。我奔到床边。

床上空无一人！

我把门一扇扇打开，走遍了所有的房间。

一个人也没有。

我快疯了。

我来到化妆室，打开窗，连声呼唤普律当丝。

迪韦努瓦夫人家的窗一直关着。

于是我下楼找到看门人，问他前一日的白天戈蒂埃小姐有没有回过自己家。

"她回来过。"男人回答我，"和迪韦努瓦夫人一起回来的。"

"她什么话都没有留给我吗？"

"没有。"

"你知道她后来做了什么吗？"

"她们上了一辆马车。"

"什么样的马车？"

"一辆私人四轮轿式马车。"

这一切到底意味着什么？

我拉响了隔壁的门铃。

"先生，您要找哪位？"看门人打开门后问。

"迪韦努瓦夫人。"

"她还没回来。"

"你确定吗？"

"是的，先生，这还有一封昨晚给她送来的信，我还没有交给她呢。"

看门人举起一封信给我看，我机械地扫了一眼。

我认出了玛格丽特的字迹。

我接过信。

地址栏上写有这样一行字：

请迪韦努瓦夫人将信转交给杜瓦尔先生。

"这封信是给我的。"我对看门人说，并把那行字指给他看。
"您就是杜瓦尔先生？"这个男人问我。
"是的。"
"啊！我认识您，您总上迪韦努瓦夫人这儿来。"
我一回到街上就把信封用力撕开。
就算在我脚下响起一个惊雷也不会比这封信更让我震惊了。

当你看到这封信的时候，阿尔芒，我已经是另一个男人的情妇了，我们之间的一切关系自然也就完了。

我的朋友，回你父亲身边去，回去看你的妹妹。作为一个纯洁的年轻姑娘，她是不会懂我们这种人的苦痛的。在她身边，你很快就会忘了那个堕落的名叫玛格丽特·戈蒂埃的姑娘给你带来的痛苦。你曾经全身心地爱过她，她一生中仅有的幸福时刻是你给的，而她现在唯愿早日得到解脱。

当我读到最后一个词时，我觉得自己要疯了。
有一刹那我真怕自己倒在路边，我眼前一片模糊，血液冲击着我的太阳穴。
最后我总算缓过来了一点，我环顾四周，惊讶万分地看到其他人仍旧各行其是，竟无一人来关心我的不幸。

我还不够坚强,无法独自面对玛格丽特带给我的打击。

这时我想起我父亲和我身处同一座城市,我只要花十分钟就能赶到他身边,而且无论我痛苦的根源是什么,他都会分担我的痛苦。

我疯了似的奔跑,像一个小偷一样一直跑到巴黎旅馆,发现我父亲房门上还插着钥匙,我走了进去。

他正在看书。

我的出现几乎没有使他感到吃惊,甚至可以说他正在等候我的到来。

我一言不发,直接倒在他怀里,把玛格丽特的信交给他,任由自己倒在他床前,放声痛哭起来。

第二十三章

当生活中的一切事物重回原来的轨道时,我无法相信新的一天已经和过去的日子不一样了。有时候,我认为是某个我记不起来的原因让我没能在玛格丽特家过夜。但只要我回到布日瓦勒,就会看到她像我之前那样担心得要命,追问我是什么事情把我从她身边夺去的。

当一个人对这样一段恋情形成了习惯,是不可能在不损害生活中其他联系的情况下和它决裂的。

我不得不时常重读玛格丽特的信,好让自己明白这不是在做梦。

我的身体由于精神上的打击垮掉了。忧虑、夜间的疾行以及清晨得知的消息使我身心俱疲。我父亲趁我精疲力竭的时候要我明确保证和他一起离开巴黎。

我答应了他提出的一切要求,我当时没有精力来挑起一场争吵,而且在经历了这一切之后,我需要一种真挚的感情来帮我撑过去。

见到父亲愿意安慰如此痛苦的自己,我感到十分幸福。

我唯一记得的是在大概下午五点的时候,他领我登上一辆驿车。他什么也没有跟我说,让人打包好我的行李,然后和他的行李一起绑在车后,把我带走了。

直到城市消失在视野之中的时候,我才意识到自己在干什么,旅途的孤寂唤起了我心中的空虚。

我的眼泪又夺眶而出。

我父亲明白言语——即便出自他之口——也无法安慰我。他任由我恸哭却不置一词,只是不时握紧我的手,似乎是为了提醒我身边还有他这么一位朋友。

到了夜间,我稍微睡了一会儿,在睡梦中见到了玛格丽特。

我突然惊醒,不知道自己为什么会坐在一辆马车上。

然后我又忆起了现实,便把头垂得低低的。

我不敢和父亲搭话,总怕他会对我说出这样的话来:

"你看,我不相信这个女人的爱情是有道理的。"

但他并没有不依不饶,沿途只字不提那件让我踏上归途的事情,只是跟我讲一些无关的事,我们就这样抵达了C城。

当我拥抱我妹妹的时候,我想起了玛格丽特在信中提到她时说的那些话。但我也马上意识到,就算我妹妹再好,她也没法让我忘了自己的情妇。

狩猎的季节到了,我父亲觉得这能让我排解悲伤的情绪,于是他和一部分朋友、邻居组织了数次狩猎。我也参加了,既没反对也不积极,一如我离开巴黎以后的情绪,对什么事都漠不关心。

我们开始追赶猎物,我被带到了自己的位置上,却把空膛的猎枪往身边一丢，陷入了遐想。

我望着天空飘过的云朵，任由思绪在孤寂的原野上纵横，时不时听到有猎人叫我，告诉我十步远的地方有只兔子。

这些细节没有一个逃得过我父亲的眼睛，他并没有被我表面的平静所欺骗。他很清楚，我的心灵受了那样沉重的打击，它总有一天会产生一种可怕甚至危险的反应，他一边竭力避免做出帮助我的样子，一边使出浑身解数想让我转移注意力。

我妹妹当然对整件事的始末一无所知，看到一向乐天的我突然变得如此郁郁寡欢、失魂落魄，她自然是感到莫名所以。

有时，沉浸在悲伤中的我会意识到父亲投来的担心的目光，便伸出手去握住他的手，似乎是在无声地为我并非出自本意而对他造成的伤害致歉。

就这样一个月过去了，但这是我能承受的极限了。

有关玛格丽特的回忆不停纠缠着我，我曾经那样爱她，现在也一样深爱着她，无法一下子就把她当陌生人来看待。我要么爱她，要么恨她。无论我对她怀有怎样的情感，我都必须再次见到她，而且要尽快见到她。

我的脑海中刚刚产生了这个念头，它就攫住了我，我这具久无生气的躯体终于又生出了顽强的意志。

我需要的，不是在一个月或一周内见到玛格丽特，而是在生出这个念头的第二天就见到她，于是我告诉父亲自己将要离开他去巴黎处理一些事务，但很快就会回来。

他无疑猜到了我离开的动机，因为他执意挽留我，但他意识到，怒火中烧的我如果无法达成这个心愿，可能就会迎来致命的结局。他拥抱了我，几乎要哭出来了，央求我尽快回到他身边。

在抵达巴黎之前，我一直没合眼。

一旦到了巴黎，我要做什么？我没想好，但首要任务一定是打听玛格丽特的现状。

我先回家穿戴整齐。天气很好，时间还早，我便去了香榭丽舍大街。

半小时后，我在协和广场的环形路口远远地看到玛格丽特的马车驶来。

她重新把马匹买了回来，马车还是原来的样子，但她人却不在车上。

我一发现她不在车上，便四下张望，看到玛格丽特正由一个我从来没见过的女人陪着走向这里。

在经过我身边的时候，她的脸色"唰"的一下白了，嘴唇抽了一下，露出一种神经质的微笑。而我的心脏猛地一跳，冲击着我的胸膛。但我成功摆出一副冷冰冰的表情，像个没事人一样向旧情妇致意。她几乎是立刻和友人一道登上了马车。

我了解玛格丽特。这次意外的相遇一定搅乱了她的内心。她应该得知了我离开的消息，这让她不再担心分手可能导致的后果。但当她看到我重回巴黎，两人打照面时我那样苍白的脸色，她明白了我此次回来是有目的的，她一定在思索会发生什么。

假如出现在我面前的玛格丽特过得不幸福，为了报复她，我会伸出援手，还可能会原谅她，不再伤害她。但我看到的她至少在表面上是幸福的，有别的什么人续上了我未能继续提供给她的奢靡生活，由她主导的我们的分手便显得十分卑劣，我的自尊心和爱情都受到了羞辱,她必须为我所遭受的痛苦付出代价。

我无法对她所做的事无动于衷,也正因如此,最能伤害到她的法子就是我以其人之道还治其人之身,所以我必须伪装出若无其事的样子,不仅要在她本人面前如此,在旁人面前亦然。

我努力在脸上挤出一丝微笑,来到普律当丝家。

用人去通报,让我在客厅里等一会儿。

普律当丝终于露面了,她把我引到小会客室里。当我坐下的时候,我听到客厅门打开的声音,地板上响起一阵轻微的脚步声,最后是楼梯的门被人用力关上的声音。

"我打扰到你了吗?"我问普律当丝。

"没有的事,玛格丽特本来在这里,她听到通报说你来了就溜走了,刚刚出去的就是她。"

"我现在已经会让她感到害怕了吗?"

"不,她只是担心你看到她会觉得不舒服。"

"有必要吗?"我心情激荡,几乎喘不过气来。我努力让自己恢复正常呼吸,继续装出毫不在乎的样子说,"这个可怜的姑娘为了重新得到她的马车、家具和钻石而离开了我,她做得很对,我不应该怪她什么。我今天已经见过她了。"

"在哪儿?"普律当丝问道,她望着我,似乎认不出眼前这个男人是她以前认识的那个爱得死去活来的情种。

"在香榭丽舍大街,她和另外一个非常漂亮的女人在一起。那女人叫什么名字?"

"她长什么样?"

"金色卷发,身材苗条,有一双蓝色的眼睛,十分动人。"

"噢，是奥兰普，她的确是一个尤物。"

"她在跟什么人同居吗？"

"她没有固定的情夫，和谁上床都可以。"

"她住在哪儿？"

"她住在特隆谢路……号。怎么，你要追求她吗？"

"以后会怎么样谁也说不准。"

"那玛格丽特怎么办？"

"要说我完全不再在乎她了，那是假话，但我是把分手的方式看得很重的那种男人，玛格丽特随随便便就把我甩了，这让我觉得自己以前那么痴情也太傻了，因为我过去真的深爱着她。"

你一定能想见我是努力用怎样的声调说出这些话的，我的额头上沁出了汗珠。

"她过去也很爱你，嘻，她一直非常爱你。证据就是她今天在遇到你之后，立刻到我这里来告诉了我这件事。她来的时候整个人都在发抖，几乎要病倒了。"

"那么她跟你说了什么？"

"她跟我说：'他一定会来见你的。'她求我代她请求你的原谅。"

"我已经原谅她了，你可以这样告诉她。她是个好姑娘，但毕竟是那种姑娘，我早该预料到她会这样对我。我甚至对她这样决绝心怀感激，因为现在我一想到自己当时竟决定和她完全结合，就对这个疯狂的念头可能导致的后果感到后怕。"

"如果她得知你能这样谅解她的难处，一定会很高兴的。她离开你的时间点恰到好处，亲爱的。她找的那个接手家具的混蛋商人去找了她的债主打听她欠了多少钱,他们慌了,准备在两天后就把她的东西变卖了。"

"现在呢,债还完了吗?"

"差不多。"

"谁出的钱?"

"啊,我亲爱的!N伯爵!有的男人是天生被创造出来做这样的事的。简单来说,他拿了两万法郎出来,不过他也因此达到了自己的目的。他很清楚玛格丽特并不爱他,但这并不能阻止他全心全意待她好。你也看到了,他替她买回了马,赎回了首饰,给她的钱和公爵给的一样多。如果她想要平静地生活下去,这个男人倒是可以长久托付的对象。"

"她在做什么呢?她一直在巴黎吗?"

"自从你走了以后,她怎么也不肯回布日瓦勒去。她留在那儿的一应物品都是我去替她取回来的,甚至你的东西我也打了一个小包,你回头可以派人来取。东西都在里边了,除了一个小钱包,上面刻着你名字的首字母,玛格丽特要去把它拿回家了。如果你很看重它,我去替你再讨回来。"

"让她留着好了。"我吞吞吐吐地说,想到自己曾度过那样一段幸福时光的村子,又想到玛格丽特坚持要留下一件我的物件作为纪念,我的眼泪就止不住往上涌。

假如她现在进来,我复仇的决心将会烟消云散,我还会跪倒在她脚下。

"还有,"普律当丝接着说,"我从未见过她如今这副模样,她几乎不再睡觉了,到处参加舞会、吃消夜,甚至喝得醉醺醺的。最近一次消夜结束后,她在床上躺了一个星期。等到大夫允许她下床之后,她又开始放纵自己,完全不把自己的命当回事。你要去见见她吗?"

"那有什么意义呢?我是来见你的,你一直都非常照顾我,而且我在认识玛格丽特之前就认识你了。多亏了你,我才成了她的情夫,也是拜你所赐,我才和她分了手,不是吗?"

"的确如此,我已尽量劝她和你分手,我认为再过一段时间你就不会怪我了。"

"那我对你的感激又要再上一层楼了。"我站起身补充道,眼见她对我的每句话都信以为真,我对她越发反感了。

"你要走了?"

"是的。"

我知道的已经够多了。

"什么时候能再见到你?"

"很快就会再见的,再会。"

"再会。"

普律当丝一直把我送到门口。回到家后,我眼里噙着愤怒的泪花,心中燃着复仇的渴望。

玛格丽特终究跟其他姑娘没有什么区别。看来她过去对我怀着的那份深沉的爱到底没能敌过对旧日生活的欲望,也比不上对马车和筵宴的需求。

这就是夜间我睡不着觉时心里想的事。假使我真能像自己装出来的那样冷静,那么只要稍加思考,就会发现在玛格丽特这种放纵新生活的表面下,暗藏着她对摆脱某种苦苦纠缠的思绪和某种如影随形的记忆的渴望。

遗憾的是，当时的我被负面的激情所笼罩，一心只想找一个折磨这个可怜女人的方法。

啊！男人在自己因某种狭隘的情感受到伤害时，会变得多么渺小和卑劣啊！

我见到的那个和玛格丽格待在一起的奥兰普，即便不是玛格丽特的女友，至少也是她回巴黎以来交往最密切的人。她即将举办一场舞会，我估计玛格丽特也会参加，便想法弄到了一张请帖。

当我怀着满腔痛苦抵达舞会现场时，那儿已经相当热闹了。人们跳着舞，甚至还大声嚷嚷。在跳四组舞的人中，我看到玛格丽特正在和N伯爵跳舞，后者看上去对能够带上这样一位舞伴感到很光彩，似乎在对所有人宣布：

"这个女人是我的！"

我走到壁炉边靠着，正好面朝着玛格丽特看她跳舞。她一看到我就慌了神。四目相对之际，我随便挥了挥手，又用眼神向她打招呼。

当我想到舞会散场之后，陪她离开的将不再是我，而是这个有钱的蠢货；当我想到他们回到她家后将要发生的事，热血涌上我的脸，心中燃起破坏他们关系的欲望。

四组舞结束之后，我前去向女主人致意，她的穿着向宾客展示着迷人的肩膀和令人目眩神迷的半边乳房。

这个姑娘很美，如果以身材来说，要比玛格丽特更美。在我和她交谈时，玛格丽特投向奥兰普的目光更让我确信了这一点。

一个男人若是成了这个女人的情夫,他是可以像N伯爵一样感到自豪的,她的美色也足以在我身上挑起玛格丽特曾挑起的那种肉欲。

她这时没有情夫,要把她搞到手并不难,只要摆阔让她注意到自己就行了。

我下定决心,要让这个女人成为我的情妇。

我一面与她跳舞,一面开始大献殷勤。

半小时后,玛格丽特的脸色变得像死人的脸一样白,她披上皮大衣离开了舞会。

第二十四章

这已经够她受的了,但还不够痛快。我意识到了自己能够操控这个女人,便无耻地滥用这种力量。

每当我想到她已经魂归天外,我便扪心自问上帝是否会原谅我犯下的罪恶。

消夜时喧闹声达到了高潮,然后我们开始赌钱。

我坐到奥兰普旁边,下起注来眼睛都不眨一下,她想不注意都难。不一会儿,我就赢了一两百路易,我把钱垒在面前,奥兰普用贪婪的眼光注视着它们。

全场只有我一个人没有把全副精力投入赌局之中,而是分神偷眼观察奥兰普。晚上剩下的时间里我都在赢钱,我还拿钱给她赌,因为她把自己面前的钱都输光了,兴许连家里的钱也悉数葬送了。

到了清晨五点,大家散了。

我赢了三百路易。

所有参加了赌局的人都下了楼,只有我还留着,没人注意到这一点,因为这些人中一个我的朋友也没有。

奥兰普亲自为我们把灯，正当我要像其他人一样下楼时，我突然回过身来对她说：

"我必须跟你谈一谈。"

"明天再说吧。"她对我说。

"不行，现在就得谈。"

"你有什么话要对我说？"

"你马上就知道了。"

我回到了房间里。

"你输钱了吗？"我问她。

"是的。"

"把家当全输光了吗？"

她犹豫着没有回答。

"说实话吧。"

"好吧，是输光了。"

"我赢了三百路易，给，如果你愿意让我留下来的话。"

说着，我便把金币扔到桌子上。

"为什么提出这样的要求？"

"因为我爱你，这还用问？"

"得了吧，明明是因为你爱玛格丽特，希望通过成为我的情夫来报复她。亲爱的朋友，你骗不了像我这样的女人。遗憾的是，我太年轻也太漂亮了，胜任不了你要我扮演的角色。"

"所以你要拒绝我咯？"

"是的。"

"你宁愿一文不取地爱我吗？那可就换我接受不了了。好好想想吧,亲爱的奥兰普,我本可以派一个人带着条件来把这三百路易交给你,那样你反而可能接受的。我更喜欢面对面跟你谈。请你接受吧,别管我为什么这么做。既然你也知道自己美丽,那我爱上你也没有什么稀奇的。"

虽然玛格丽特和奥兰普同为妓女,但我绝不敢在第一次见面时就跟玛格丽特说我刚刚对这个女人说过的话,这是因为我爱玛格丽特,我在她身上感觉到了一种这个女人所欠缺的东西。甚至在我跟奥兰普谈这笔交易的时候,尽管她美艳逼人,我还是对她非常反感。

当然,她最后还是接受了。中午我从她家里出来的时候已经成了她的情夫,但我从她的床上下来的时候,已经把她的爱抚和情话抛在脑后了,反正那一切也是她在收了我六千法郎后觉得理当回报给我的。

不过为了这个女人闹得倾家荡产的还是不乏其人。

自打那一天起,我无时无刻不在虐待玛格丽特。奥兰普和她不再来往了,这你一定已经想到了。我送了一辆马车和好些首饰给我的新情妇,我赌钱,总之就是把所有爱上奥兰普这样一个女人的男人会做的荒唐事都来了一遍。我另结新欢的消息很快传开了。

甚至连普律当丝都看走了眼,以为我当真忘了玛格丽特。至于玛格丽特,要么她猜出了我这么做的目的,要么她和别人一样上了当。面对我每天给予她的伤害,她表现出了极强的尊严。只是她似乎备受折磨,因为我无论在哪儿遇到她,都会发现她的脸色变得越来越白,表情越来越悲伤。我对她的爱是那么强烈,以至于由爱生恨，看她每天受苦只觉快活非常。有几次，正当我无耻地对她进行残酷的虐待时，玛格丽特向我投来的哀求的目光是如此悲切，我不禁为自己饰演的角色感到脸红，几乎要去恳求她原谅了。

但这种内疚的心情总是一闪而过。而奥兰普最后还是放下了全副自尊心，意识到只要她伤害玛格丽特，就能从我那儿得到想要的一切。她不停地挑唆我和玛格丽特作对，自己也抓住一切机会羞辱她，手段之卑劣一如所有得到男人授意的女人。

玛格丽特最终既不去舞会跳舞，也不去剧院看演出，生怕会在哪里遇到奥兰普和我。于是匿名信替代了当面羞辱。没有什么下流的事是我不允许自己的情妇或自己诬赖到玛格丽特头上的。

人若非陷入疯狂是做不出这样的事的。我当时就像一个被劣酒灌得烂醉的人，精神极为亢奋，可能连自己犯了罪都不知道。在整个过程中，我都背负着极大的痛苦。玛格丽特面对我的一切中伤都表现得镇静而不轻蔑、自尊而不傲慢，这让她在我眼中显得比我更高尚，我对她更恼火了。

有一天晚上，奥兰普不晓得在哪儿撞上了玛格丽特。这回玛格丽特不再忍让这个侮辱自己的傻姑娘，骂得她不得不服软才停下。奥兰普气冲冲地回到家，玛格丽特则是昏了过去，被人抬回去了。

奥兰普回来后向我讲述了事情的经过，说玛格丽特见她落单，便趁机对她横刀夺爱的事进行报复。奥兰普要我写信给玛格丽特，要求无论我是否在场，她都应该尊重我爱的女人。

自不消说，我一口答应下来。我在这封信里用上了一切自己能想得到的刻薄话、下流话和残酷的攻击语言,当天就把它寄到了玛格丽特家。

这次的打击过于沉重,可怜的女人是没法一言不发地承受下来的。

我估计肯定会有回信送来,便决定一整天都待在家里。

大约两点时门铃响了,只见普律当丝走了进来。

我努力装出若无其事的样子,问她有何贵干,但今天普律当丝脸上并没有挂着平日那种笑容,她用一种严肃又激动的语气告诉我:自从我回到巴黎,也就是大约三个星期以来,我没有放过任何一个折磨玛格丽特的机会,她因此病倒了,昨天的那出闹剧和我今早的信直接把她撂倒在床上了。

简而言之,玛格丽特并没有责怪我,她派人来请我高抬贵手,说她无论是精神上还是肉体上都再也受不了我对她所做的事。

"戈蒂埃小姐把我从她家赶走是她的权利。"我对普律当丝说,"但她对我心爱的女人出言不逊,就因为她是我的情妇,这是我不能容许的。"

"我的朋友,"普律当丝对我说,"你被一个没有心肝也没有脑子的姑娘挑拨了,你爱她不假,但这并不能成为折磨一个无法自卫的女人的理由啊。"

"如果戈蒂埃小姐能把N伯爵打发走,我这儿就扯平了。"

"你很清楚她没有办法这么做。所以,亲爱的阿尔芒,放过她吧。如果你见到她,你会为自己对待她的方式感到羞耻。她面无血色,咳嗽个不停,已经活不了多久了。"普律当丝握住我的手说,"去看看她吧,你去她会非常高兴的。"

"我不愿意同 N 伯爵打照面。"

"N 伯爵从来不上她家去,她受不了他。"

"如果玛格丽特非见我不可,她知道我住在哪里。她但来无妨,可我不会再踏足安坦街一步。"

"你会好好招待她吗?"

"我会盛情款待她。"

"那好,我敢肯定她一定会来的。"

"那就让她来吧。"

"你今天要出去吗?"

"我整个晚上都会留在家里。"

"我会转告她的。"

普律当丝离开了。

我甚至没费神就写信告诉奥兰普我不去见她了。我对这个姑娘是不怎么上心的,一个星期都难得和她过上一晚。

我想她会从大街上随便哪家戏院的男演员那儿找到安慰的。

我出门吃了晚饭,然后立马赶回了家。我吩咐约瑟夫把壁炉都点上火,然后把他遣走了。

我无法给你讲在等待的一个小时中我所经历的种种情绪,只能说我心神不宁。但当我在九点听到门铃响起时,这些情绪一股脑地涌上心头,以至于我去开门的时候不得不扶着墙以免跌倒。

幸好会客室里灯光暗淡,她并不容易察觉我骤变的脸色。

玛格丽特走了进来。

她一身都是黑色,还戴了面纱。我差点儿没认出隐藏在面纱下的脸。

她走进会客室,揭下了面纱。

她的脸色就像大理石一样惨白。

"我来了,阿尔芒。"她说,"你想见我,我就来了。"

她的脑袋垂到双手之间,瞬间痛哭失声。

我走近她。

"你怎么啦?"我的声音都变了。她紧紧握住我的手却不回答,因为她已经泣不成声。但片刻后她稍微冷静了一些,对我说:

"你对我好狠心啊,阿尔芒,而我什么对不起你的事都没有做。"

"真的什么都没有做吗?"我苦笑着反驳。

"除了情势所迫我不得不做的事之外,什么也没做。"

我不知道你是否经历过或今后会经历我彼时看到玛格丽特时的心情。

上一次她来我家,也是坐在她刚刚落座的这个位置,只不过在那之后,她成了别人的情妇,她的双唇不是被我,而是被别人吻过了,而我仍不由自主地渴望一亲芳泽,我觉得自己还是一如既往地爱着这个女人,甚至可能更爱她了。

然而,我不知如何开口谈论叫她过来的原因,玛格丽特大概是猜到了,因为她接着说了下去:

"我来这儿打扰到你了,阿尔芒,因为我对你有两个请求:首先,请原谅我昨天对奥兰普小姐说的话;其次,你也许还要对我做些什么,请放过我吧。无论是否发自本心,你回到巴黎以来,让我吃了很多苦,如今就连今早所受痛苦的四分之一,我都无法承受了。你一定会可怜我的,不是吗?你也一定明白,对于一个善良的男人来说,有比向我这样一个疾病缠身又愁肠百结的女人复仇更有意义的事要做呢。来,请摸摸我的手,我发着烧呢,我强撑着病体来看你,不是来向你要求友情的,而是请求你不要再把我当回事了。"

我牵起玛格丽特的手,她的手确实烫极了,这个可怜的女人缩在天鹅绒大衣里浑身发抖。

我把她连同扶手椅一起推到炉火边。

"你怎么会认为我不痛苦呢?"我接着说,"那天晚上我在乡下左等右等,可你就是不回来,我去巴黎找你,却只看到一封信,差点没把我逼疯!我那么爱你,你怎么能背叛我呢,玛格丽特?"

"阿尔芒,别这样说,我不是来找你谈这个的。我希望我们见面的时候别闹得跟仇人一样,仅此而已。我还希望再一次握紧你的手。你有一个年轻漂亮的情妇,你又爱着她。那么,祝你们幸福,请忘了我吧。"

"那你呢,你大概也挺幸福吧?"

"我看起来像是一个幸福的女人吗,阿尔芒?请别拿我的痛苦开玩笑,你比谁都清楚我的痛苦从何而来,它又有多深。"

"如果事情真的像你说的那样,那么是否要摆脱这种情况也完全取决于你呀。"

"不是这样的,我的朋友,现实比我个人的意志更强大。你似乎认为我屈服于它是出于我妓女的本性,然而事实并非如此。我是屈服于一种严肃的必要,有一天你会知道背后的原因,而你也会因此原谅我的。"

"为什么不能今天就告诉我这些原因呢?"

"因为即便现在就把它告诉你,我们之间也不会破镜重圆了,却只可能令你疏远你决不应该疏远的人。"

"你说的这些人是谁?"

"我不能告诉你。"

"那么,你就是在说谎。"

玛格丽特站起身来走向门口。

当我在心里把这个形销骨立、泪水涟涟的女人和当初在喜歌剧院拿我寻开心的疯丫头做比较时,我是不可能对这份沉默而又强烈的痛苦无动于衷的。

"你不能走。"说着,我挡在门口。

"为什么?"

"因为无论你对我做了什么,我依然一直爱你,我要你留下。"

"为了好在明天把我赶走,不是吗?不,这是不可能的!我们两个人的命运已经不再有交集,别再白费力气把它们凑到一块了。否则你可能会鄙视我,现在你还只是恨我罢了。"

"不,玛格丽特。"一与这个女人接触,我就感觉到自己的爱情和欲望又全部苏醒了,我不禁叫出声来,"不,我什么都可以忘记,我们又能像以前约定的那样幸福。"

玛格丽特摇摇头表示疑惑,说道:

"我难道不是你的奴隶,不是你的狗吗?你想对我怎么样就怎么样吧,占有我吧,我是你的。"

然后她脱掉大衣和帽子,把它们扔到沙发上,又突然开始解裙口的搭扣。由于她那种疾病常出现一种并发症，血从她的心脏涌到头部，使她透不过气来。

接着便是一阵嘶哑的干咳。

"让人告诉我的车夫，"她说，"把车驾回去。"

我亲自下楼将车夫打发走了。

我回来的时候看到玛格丽特躺在炉火前，冷得牙齿不住打战。

我将她拥入怀中，我脱下她衣物的时候，她什么也没做，我将她冰冷的身子抱到床上。

我就这样坐在她身边，试图用自己的爱抚来温暖她。她一句话都没有对我说，但她对我露出了微笑。

哦，那一夜是多么奇妙啊！玛格丽特的全部生命力似乎都被倾注到她给我的狂吻之中了。我是那么爱她，以至于沐浴在她狂热的爱情中时产生了这样的念头：杀了她，这样她不会再属于别人。

如果像这样爱上一个月，无论是人的精神还是肉体，都会被掏空。

当黎明来临时，我们还醒着。

玛格丽特面如死灰，她一言不发。大颗大颗的泪珠不时从眼中流出，落在她的双颊之上，泪珠如钻石般闪耀。她筋疲力尽的双臂好几次想要拥抱我，又绵软无力地跌在床上。

有那么一瞬间，我觉得自己能够把离开布日瓦勒之后的事全部忘掉，于是我对玛格丽特说：

"你愿意和我一起走吗？我们一块离开巴黎，好吗？"

"不，不行。"她几乎是在害怕，"那样我们会非常不幸，我已经再也无法为你的幸福效劳了,但只要我还有一口气在,我就还是任你使唤的奴隶。无论是白天还是夜间,无论你几点想要我,你就来我这儿,我是属于你的。但请别再将你的未来同我的联系在一起,那样你将陷入厄运,并将我也拖下水。

"我还能当一阵子的漂亮姑娘,抓紧时间享受吧,不过别再向我苛求别的什么了。"

她离开后,我独自留在一片孤寂之中,感到十分不安。她离开两小时以后,我依然坐在被她抛下的床上,注视着保留了她头部形状的枕头,思考夹在爱情和妒火之间的我会变成什么样。

到了下午五点,我来到了安坦街,我也不知道自己上那儿去做什么。

是纳尼娜给我开的门。

"太太眼下没法接待您。"她为难地说。

"为什么?"

"因为 N 伯爵在,他命令不要放任何人进去。"

"对,"我喃喃自语,"我把这茬儿给忘了。"

我像个醉汉一样回到了家。你知道我在嫉妒得发狂的那一分钟做了什么吗?只消一会儿,我就能做出非常卑劣的行为。你知道我做了什么吗?我心想这个女人在嘲弄我,她正和伯爵你侬我侬地依偎在一起,学着昨晚她对我说的话给他听。于是,我抄起一张五百法郎的钞票,夹上一张写有以下字样的纸条给她寄了过去:

您今早走得太急了,我都没来得及付钱。
随信附上您应得的报酬。

当这封信送走之后，我便出了门，仿佛是为了逃避这件下作事给自己带来的一时的内疚。

我去了奥兰普家，发现她正在试衣服。等到只剩我们两个人的时候，她便唱一些猥亵的小曲供我消遣。

她正是那种寡廉鲜耻又没有良心的妓女，至少对我来说是这样，因为也许会有男人跟她在一起时，会做像我跟玛格丽格在一起时所做的美梦。

她问我要钱，我就给了她，获得了离开的自由，我回到了家里。

玛格丽特没有给我写回信。

不用说你也知道我是如何在心神不宁中度过次日的白天的。

六点半的时候，一个邮差带来了一个信封，里面装着我的信和那张五百法郎的大钞，除此之外什么也没有。

"是谁把它交给你的？"我问那个男人。

"是一位太太在和用人出发去布洛涅前交给我的，她特意吩咐我一定要等到马车出了院子再给你送来。"

我跑到玛格丽特家。

"太太今天六点出发到英国去了。"看门人告诉我。

再也没有什么能把我留在巴黎了，无论是爱还是仇恨。我被这一切变故折磨得身心俱疲。我有一个朋友要到东方去旅行，我告诉父亲自己想同他一起去，我父亲给我开了汇票和介绍信。八九天后我就在马赛上了船。

我是在亚历山大港，从一个我曾在玛格丽特家见过几次的大使馆随员那儿听说可怜的姑娘的病情的。

于是我给她写了信，回信你已经看过了，我在土伦[1]收到了回信。

我立即踏上了归途，剩下的你都知道了。

现在你只剩下朱莉·杜普拉交给我的几页纸要读，它对于我刚刚讲述的故事是不可或缺的补充。

---

[1] 亚历山大港为埃及最大港口，土伦则为法国东南部的海滨城市，二者皆离巴黎极远。

第二十五章

阿尔芒长篇累牍的回忆常因泪水中断,待到讲完他也已经累坏了,将玛格丽特亲笔写的几页日记交给我后他就闭上了眼睛,用双手捂着额头,可能是为了思考,也可能是为了睡一会儿。

过了一会儿,稍为加快的呼吸声表示阿尔芒已经睡着了,但他睡得很浅,再小的声音都会把他吵醒。

以下就是我抄录的自己所读到的内容,一字不多,一字不少。

今天是 12 月 15 日,我已经病倒三四天了。今天早上我躺在床上,天空阴沉沉的,我心中悲苦,身边一个人也没有。我想到了你,阿尔芒。而你,在我写下这几行字的时候,又身处何方?别人告诉我你在离巴黎很远很远的地方。也许你已经把玛格丽特给忘了。总之,祝你幸福,我人生中仅有的那些欢乐时光是你给我的。

我还是没忍住,写了一封信向你解释我的所作所为。但一封出自我这样的姑娘之笔的信恐怕会被视作谎言,除非我用死亡的权威来使它变得神圣；除非我不把它写成一封信，而是一份忏悔书。

今天我病了，可能就此一病不起，因为我向来有一种预感：我会在年轻的时候就死去。我母亲死于肺病，这是她留给我的唯一遗产，而我一直以来的生活方式只会加重病情。但我不愿在你弄清有关我的一切真相以前就死掉，假使你归来的时候，还牵挂着那个自己在离开之前还爱着的姑娘。

以下就是这封信的内容，我很乐意把它重写一遍，以便在我的辩白中添上一份新的证据。阿尔芒，你还记得你父亲的到来是如何打了我们一个措手不及吧；你还记得他的到来在我心中激起的不受控制的恐惧吧；你还记得那晚你回来告诉我的你们父子之间发生的那一幕吧。

第二天，当你前往巴黎，苦候你父亲不得的时候，一个男人出现在了我们家，把一封出自杜瓦尔先生之手的信交给我。

我把这封信附在这里，信中用最严厉的口吻要求我在次日随便找个借口把你打发走，以便单独接待你父亲，他有话同我讲，并特意叮嘱我不得把他来访的事告诉你。

你也记得我是怎样坚持要你在次日再跑一趟巴黎的。

你走后一小时，你父亲就来了。他神情凝重，我也不想费事告诉你我看了是什么滋味。你父亲的脑中塞满了陈旧的观念，他认为所有妓女都是没有心肝和理性的生物，她们是吸金机器；他认为她们像钢铁制成的机器一样，随时准备碾断把东西递给它的手，毫不留情地，不加甄别地粉碎一切供它生活、赶它工作的人。

你父亲为了让我同意接待他，把信写得非常得体，然而他露面的时候表现得跟信上完全不是一回事。他刚开口的时候咄咄逼人又粗鲁无礼，甚至连威胁的话都用上了。我不得不让他明白这是我的家，若非因为我对他儿子一腔深情，我才没有义务向他报告我的生活。

杜瓦尔先生稍微平静了一些，然而他又开始宣称他无法继续听任其子为了我毁了自己。他承认我是长得漂亮，但就算我长得再出众，也不能利用自己的美貌去诱使一个年轻男人为我的奢侈生活买单，从而葬送他的前程。

面对这项指控，只有一种回应的方法，不是吗？那就是拿出证据来证明自从我成为你的情妇以来，为了既能保持对你的忠诚又不向你索要超出你能力范围的金钱，我不惜牺牲一切。我向他出示了当铺的当票，还有当不了的东西售出以后别人给我的收据。我又告诉你父亲为了跟你在一起，我决定卖掉自己的家具来还债，好不给你增加过重的负担。我给他讲了我们的幸福生活，给他讲你是如何向我描绘出一幅更宁静、更幸福的生活图景的。最后他在证据面前低头了，向我伸出手，并请我原谅他最开始的那种态度。

然后他对我说：

"那么夫人，我就不再用指责和威胁，而是恳求的方式来请你再做一次牺牲，它将比你曾经为我儿子做的任何一次牺牲都要大。"

我听到这句话，浑身颤抖起来。

你父亲走近我，握住我的两只手，言辞恳切地说：

"我的孩子，对于我接下来要说的话，请你别往坏处想，只需知道生活有时需要对心灵残酷,但我们必须忍受。你心肠好,你的灵魂中有许多高贵之处是很多女人所没有的,她们兴许还看不起你,实际上却远不及你。但请你想想,一个男人除了情妇,还有家庭;除了爱情,还有责任。在激情洋溢之后,一个男人为了受人尊敬,必须获得一个稳定的、正经的地位。我儿子没有财产,但他已准备将得自母亲的遗产转赠于你。如果他接受了你将要做出的牺牲,那么他的荣誉和尊严将要求他实施这笔赠予作为对你的回报,你得到这笔钱后就会永远免于真正的逆境。但他不能接受你的这种牺牲,因为这个社会并不了解你,人们会曲解他接受这份牺牲的原因,进而连累到我们家族的名誉。他们可不会管阿尔芒是不是爱你,你又是否爱他,这段两情相悦的恋情在他是一种幸福,在你则是新生的开始。他们只知道一件事,那就是阿尔芒·杜瓦尔竟然容许一个妓女——我的孩子,请原谅我不得不这么说——为了他卖掉自己的所有财产。然后你们就将迎来充斥着埋怨和懊悔的日子。相信我,无论是对于你们还是对于别人来说,你们将被捆上一条你们永远也砸不烂的锁链。到了那时候,你们要怎么办呢?你们的青春将被白白浪费掉,我儿子的前途将毁于一旦,而我这个父亲原本期待的是两人份的回馈,却只能收获一个孩子的报答。

"你既年轻又漂亮,生活会补偿你的。你是高贵的,一次善举会抵消你过去的许多罪孽。在阿尔芒认识你的六个月中,他把我给忘了。我给他写了四封信,他一次也没想到要给我回信。说不定我死了他也不会知道!

"无论你如何下定决心再也不像以前那样生活,阿尔芒那么爱你，是不会同意由于他低微的收入而拖累你的，而且这种生活也与你的美貌不搭。谁知道到时候他会做出什么事！我知道他已经沾上了赌博的恶习，我也知道他没有对你说过这件事。但假如有一天他失去了理智，把我多年积攒起来的钱输掉一部分，这笔积蓄本来是用来置办我女儿的嫁妆和供他用的，也是我安度晚年的保证。像这样的事一旦发生过一次，就可能会接二连三地重复。

"除此之外，你当真确定你为他所抛弃的那种生活不会再吸引你了吗？你当真确定自己在爱过他以后，不会再爱上别人了吗？假如随着年龄的增长，他的事业心取代了爱情的幻梦，而你们的关系则成了他生活中的绊脚石，你又无法为他排忧解难，你不会感到痛苦吗？考虑一下这些问题吧，夫人，你爱阿尔芒，那就通过你目前唯一的方法向他证明你的爱吧：为了他的前途牺牲你的爱情。目前还没有厄运降临到你们身上，但它迟早会来的，也许会比我所预料的还要糟糕。阿尔芒也可能会妒忌你曾经爱过的男人，他会去挑衅他们，可能最后会在跟他们的决斗中丢了小命。你想想看，到时候面对这个要求你为他儿子之死负责的父亲，你将是多么痛苦！

"最后，我的孩子，我就全跟你挑明了说吧，因为我并没有把一切都告诉你，你要知道是哪阵风把我吹到巴黎来的。我刚才也告诉你了，我有一个女儿，年轻又漂亮，像天使一样纯洁。她正处于热恋之中，她也同样将这份爱当作一生的美梦。我在写给阿尔芒的信中把这事全告诉他了，但他当时满脑子装的都是你，自然没有回我的信。我女儿即将和自己的心上人喜结连理，对方来自一个高贵的家族，他们希望我们这边也能白玉无瑕。我未来女婿的家族知道了阿尔芒在巴黎的事，向我声称如果阿尔芒继续这样生活，就将收回前言。一个姑娘的前途就这样掌握在你的手里，她哪儿也没得罪过你，而且她是有权利拥有一个美好的未来的。

"你有权去破坏她的未来吗？你能狠得下这个心吗？玛格丽特，以你的爱情和悔改之名，请把我女儿的幸福交给我吧。"

我的朋友，这些念头之前时常在我脑海中翻滚，而今它们经由你父亲之口进一步成了血淋淋的现实，我只能默默地落泪。我在心里替你父亲讲完了他多次已经到了嘴边，却又不敢说出口的话：我终究只不过是一个妓女，无论我如何为我们的关系辩护，都会或多或少被人视作一种算计；我过去的生活完全剥夺了我妄想拥有同样的未来的权利；我的积习和名声无法保证我能履行自己所承担的责任。总之，我爱你，阿尔芒。杜瓦尔先生像父亲一样跟我谈话，他在我身上激起的圣洁的感情，我即将从这位正直的老人这里赢得的尊敬，以及我确信之后将从你那里获得的同样的感情，所有这些感情在我心中唤醒了高贵的思想，它使我在自己的眼里变得高大，也唤醒了某种至今从未有过的神圣的自豪感。当我想到有一天，这个为自家儿子的前途而向我求情的老人告诉女儿，把我的名字作为一个神秘友人的名字加入祷词的时候，我的心灵就得到了升华，我为自己感到骄傲。

感情上的一时狂热可能会夸大这些印象的可靠性，但这确实是我当时的感受，我的朋友。同你一起度过的幸福时光的回忆曾让我有所打算，但如今它在新生的感情面前消散了。

"我明白了，先生。"我一边擦去眼泪一边对你父亲说，"您相信我对您儿子的爱情吗？"

"我相信。"杜瓦尔先生对我说。

"您相信这份爱是无私的吗？"

"我相信。"

"您相信我曾将这段恋爱视作自己生命的希望、美梦和救赎吗？"

"我对此绝无半点怀疑。"

"那么，先生，请您像亲吻自己女儿那样亲吻我一次吧。我向您保证这个我得到过的唯一纯洁之吻将会赐予我克服自己爱情的力量。一周之内您的儿子就会回到您的身边，他可能会伤心一阵子，但他也将一劳永逸地得救。"

"你是一个高尚的姑娘。"你父亲吻了我的额头，说，"上帝会记着你所要做的事情，但我很怕你会拿我儿子毫无办法。"

"哦，别担心，先生，他会恨我的。"

我们之间必须竖起一道无法逾越的障碍，无论是对你还是对我。

我写信告诉普律当丝我接受了 N 伯爵先生的追求，让她去约他与我们共进宵夜。

我把信封好，并没有告诉你父亲信的内容是什么，只是请求他回到巴黎时让人把信按地址送去。

他还是问了我信里写的是什么。

"是您儿子的幸福。"我这样答道。

你父亲最后吻了我一次，我感到有两颗感激的眼泪滴落在我的前额上，它们好像洗礼，洗去了我过往的罪恶。在刚才我同意委身于另一个男人的时候,一想到自己犯的这个新错误所能赎回的东西,我就自豪得满脸放光。

这是非常自然的,阿尔芒,你跟我说过你的父亲是一个最正直的人。

杜瓦尔先生上了马车,离开了。

我毕竟只是个女人,我再见到你的时候还是忍不住哭了,但我并没有因此变得软弱。

"我做得对吗?"这是今天当我病倒在床上,也许要到死了以后才能离开它的时候,我问自己的话。

当我们无法避免的分离时刻逐渐接近的时候,我是如何表现的,你已经亲眼见到了。你父亲已经离开,没有人支撑我了。一想到你将要怨恨我、轻蔑我,我就寝食难安,有那么一刻我几乎要向你和盘托出了。

阿尔芒,有一件事你可能不会相信,那就是我祈求上帝赐给我力量。既然他赐给了我所祈求的力量,这就证明他接受了我的牺牲。

在吃消夜的时候,我还是需要帮助,因为我不愿去想自己即将要做的事情,我当时是多么害怕勇气离自己而去!

有谁会相信,我,玛格丽特·戈蒂埃,只是因为想到要有一个新情夫就会这么伤心!

我为了忘记这一切拼命喝酒,第二天我醒来的时候已经躺在伯爵的床上了。

这就是全部真相,我的朋友。请你自行评判并原谅我吧,就像我已经原谅了你从那天起对我施加的一切苦难一样。

第二十六章

在命运的那一夜之后发生的事,你跟我一样清楚,但你不知道也绝不会想到的是,自从我们分开以后,我的痛苦就没停过。

我得知了你被父亲带走的消息,可我不认为你长期远离我能过得下去,所以在香街遇到你的那天,我虽然激动万分,但并不感到吃惊。

于是那段你每天都要变着法儿来羞辱我的日子来临了,我几乎可以说是怀着喜悦的心情承受你的侮辱的,因为这种侮辱不仅证明你还爱着我,而且在我看来你越是折磨我,等到你知道真相的那一天我在你眼中就会越高大。

不要对我这种愉快的殉道精神感到惊奇,阿尔芒,你以前给我的爱将高尚的激情引入了我的心灵。

不过我并不是立刻就变得这般坚强的。

在我为你做出牺牲和你回来之间隔了很长一段时间,在此期间,我需要借助于肉体上的手段来防止自己发疯,或是在投身的生活中麻醉自己。普律当丝应该跟你说了吧?在任何一场庆典、任何一次舞会或任何一次筵宴中都少不了我的身影。

我希望通过这种恣情纵欲的生活早日结束自己的生命,我估计离这个愿望实现的日子不会远了。我的身体自然而然变得越来越差,我让迪韦努瓦夫人去你那儿求情的时候,我已身心俱疲。

阿尔芒,我不会重提当我最后一次向你证明自己的爱时你是如何报答我的,这个女人已一只脚踏进鬼门关,却无法拒绝你向她要求一夜欢好的话语,她像一个失去理智的人,有一瞬间以为能把过去和现在重新连接起来;抑或你是怎样羞辱她,把她赶出巴黎。你有权像你当时那样对待我,阿尔芒,毕竟不是每个人都会付我那么多过夜费!

于是我把一切都抛弃了!奥兰普取代了我在 N 伯爵身边的位子,还将我离开的原因——这是别人告诉我的——告诉了他。G 伯爵人在伦敦,他这类人只把和我们这种姑娘之间的恋情看作一种愉快的消遣,和曾经的相好都保持着朋友关系,并不会心生怨尤,更谈不上争风吃醋了。总之,他是那种阔老爷中的一员,只向我们展露心灵的一角,不过钱包倒是完全向我们敞开。我马上想到了他,便去投奔他,他非常热情地招待了我。但他在当地已经有了一个上流社会的情妇。害怕跟我的事传扬出去会连累到他,他将我介绍给了他的朋友,他们请我吃了消夜,然后我就被其中一个人带走了。

你要我怎么办呢,我的朋友?

自杀吗?那将为你注定幸福的人生投下无谓的悔恨。再说了,既然我大限将近,何苦去多此一举呢?

我成了没有灵魂的躯壳,没有思想的玩意儿,我过了一段时间这样行尸走肉的生活,然后回到了巴黎。我打听你的行踪,得知你出了远门。再没有什么支撑着我了，我的生活回到了两年前我刚认识你的时候。我想要重新跟公爵搭上线，但我之前把他的心伤得太深了，老年人总是缺乏耐心，可能是因为他们意识到自己并不能长生不老。病魔每天都在加速蚕食我的身体，我形容枯槁，心境凄凉，日益消瘦。用钱买爱情的男人在交接时总是要验货的，在巴黎有的是比我健康、比我丰腴的女人，大家不太记得我了。这就是迄今为止发生的事。

现在我彻底病倒了，我写信给公爵向他要钱，因为我已身无分文。债主又带着借据来了，他们步步紧逼，没有一点同情心。公爵会给我回信吗？阿尔芒，你为什么不在巴黎啊！假使你在此地，你来看我便是给我最大的慰藉。

12月20日

天气糟透了，下起了雪，我一个人待在家。三天来我都发着高烧，没法给你写一个字。没有什么新鲜事，我的朋友。每天我都隐隐盼望着能收到你的信，但一直都没有等到，大概是永远也等不到了。只有男人才能狠下心来不宽恕别人。公爵没有给我回信。

普律当丝又开始往当铺跑了。

我不停咯血。嗐！你要是看到我的模样心里准不好受。你命真好，能在一个气候温暖的地方待着，不用像我这样被整个冬天的冰雪压在胸膛上。今天我下了一会儿床，透过窗帘，我凝望着已与自己完全隔绝的巴黎生活。街上出现几张熟悉的面孔，他们迈着轻快的步子，脸上挂着无忧无虑的愉快表情。没有一个人抬起头来看向我的窗子。不过倒是有几个年轻人来留下了他们的姓名。记得曾有一次，我同样是卧病在床，你当时还不认识我，从我这儿得到的除了初次见面时我对你的无礼举动之外别无他物，却每天早晨都来探听我的病情。

现在我又病了。我们一起生活了六个月，我把一个女人所能拥有的全部爱情都献给了你。而你却远离此地，嘴上说的尽是诅咒我的话，一句温存的话也没有。但你是受了命运的捉弄才抛弃我的，我确信这一点，因为假如你人在巴黎，是绝对不会离开我的床头、走出我的房间的。

12月25日

我的大夫不允许我每天都写信。事实上，回望往事只会使我的发烧更严重罢了。但昨天我收到了一封令我倍感安慰的信，信中传达出来的感情比一同抵达的物质援助更令我感到安慰。因此我今天能提起劲儿来给你写信了。这封信是你父亲寄来的，信的内容如下：

夫人：

适才得知您身体抱恙，假如我人在巴黎，我定要亲自前往贵处探病。假如我儿在近旁，我就会让他去。然而我实在无法离开C城，而阿尔芒又距此六七百里之遥。请原谅我只能通过书信向您表达问候，夫人，请相信我衷心希望您能早日康复。

H先生是我的一位密友，他将代我拜访贵处，请接待他。我向他委托了一件事，我正急切地等待回音。

谨致以最亲切的问候。

这就是我收到的信。你的父亲是一个高尚的人，好好爱他吧，我的朋友，因为这个世界上值得爱的人太少了。这张署有他名字的信纸对我的病体所起的作用比所有名医开出来的处方加在一块都强！

今天上午，H先生来了，他看上去颇为杜瓦尔先生所托付的任务而受窘。他专程替你父亲为我送来了一千埃居。我本想回绝，但H先生说这样会冒犯到你父亲，后者让他先把这笔钱给我带来，随后再满足我的一切需要。我接受了这份馈赠，它来自你的父亲，不能被视为一种施舍。如果你回来的时候我已经死了，请你把我刚刚写他的部分给他看，告诉他在写这几行字的时候，那个蒙他不弃写来问候信的姑娘流下了感激的眼泪，并为他向上帝祈祷。

1月4日

我度过了非常痛苦的几天，我还不知道身体上的痛苦竟能达到如此程度。哦！我过去的生活啊！我现在为它付出了双倍的代价！

人们彻夜地看护我。我再也无法正常呼吸。谵妄和咳嗽瓜分了我仅存的生命力。我的餐厅被朋友送来的各式各样的糖果和礼物堆满了。送礼者中肯定有不少人希望我在将来能成为他们的情妇。假如他们看到我被病魔摧残成什么样子，一定会骇而旋走的！

普律当丝拿我收到的礼物去做人情了。

天已经冷得开始结冰了，医生告诉我如果天气持续保持晴好，我倒是可以出门走走。

1月8日

昨天我坐马车出了门,天气好得不可思议。香街上到处都是人,仿若春天已然露出第一抹微笑,我身边全然一派欢乐气象。我以前从未想过自己会像昨天那样,仅在一束阳光上就能找到如此多的欢乐、温情和慰藉。

我几乎遇上了所有的熟人,他们一直是那么欢乐,沉浸在自己的乐趣中。竟有这么多身在福中不知福的人!奥兰普坐在N伯爵送给她的一辆漂亮的马车中从我身边经过,她想用眼神来侮辱我,殊不知我早已抛弃了这一切的虚荣心。有一个我认识了很久的好心的青年问我是否愿意同他共进消夜,他说自己有个朋友非常想认识我。

我苦笑了一下,将自己烧得滚烫的手递给他。

我从未见过哪个人的脸色比他的更惊慌。

我在四点回到了家,晚饭时我胃口大开。这趟出门对我是有益的。

如果我能好起来的话!

有的人在前一晚还在病房的阴霾里沉浸在灵魂的孤独之中,只愿早日得到解脱;今天就被他人的生活和幸福所感染,重新燃起了活下去的希望!

1月10日

病情好转的愿望不过是一场黄粱美梦。我又躺回床上了,身上涂满了灼人的药膏。这具旧日引得别人一掷千金的肉体已不复往日康健,眼下他们又会愿意出多少钱呢?

我们一定是前世坏事做尽，或来世有莫大的幸福等着，所以上帝才会让我们在这辈子受尽折磨来赎罪，吃尽苦头来磨炼。

1月12日

我的痛苦没有停止过。

N伯爵昨天送了钱来，我没有收。凡是这个男人的东西，我一样都不要。都是因为他你才不在我身边。

哦！我们在布日瓦勒的美妙时光，它上哪儿去了？

假如我能活着走出这个房间，那一定是为了再次拜访我们一起居住过的那栋房子，可惜我只能等到死了以后才能出去了。

天知道我明天还能不能给你写信呢！

1月25日

我已经有十一个晚上没有好好睡觉了，我喘不过气来，无时无刻不觉得自己要死了。医生叮嘱我不能再碰一下笔。朱莉·杜普拉在照顾我，她还是让我写下了这几行字。所以，你在我死前真的不会回来了吗？我们之间算是彻底完了吗？我觉得好像只要你回来我就会好起来。可病好了又有什么用呢？

1月28日

今天早上我被一阵巨大的声音吵醒。朱莉就睡在我的房间，她连忙起身去餐厅看个究竟。我听到男人的声音，她跟他们争了起来，但没有用。她哭着回来了。

他们是来查封的。我告诉她，让他们去行使所谓的正义的权利吧。执达吏戴着帽子走进了我的卧室。他拉开抽屉，把看到的东西都登记在册。他似乎没看到床上有一个垂死的女人，感谢仁慈的法律，总算给我留了一张床。

在离开的时候他还是开了口，告诉我可以在九天内提出反对意见，但他留下了一个看守！我的上帝啊，我会变成什么样啊！这一出闹剧让我的病更重了。普律当丝想去找你父亲的朋友要钱，我对此表示反对。

1月30日

今早我收到了你的来信，我太需要它了。我的回信能及时送到你手上吗？你还能见到我吗？今天真是幸福的一天，它让我忘记了六个星期以来所遭受的一切。我觉得身体似乎有所好转，除了给你写信的时候还感到悲伤。

毕竟人不会一直走背运的。

我还想着自己可能不会死；想着你或许会回来；想着我还能再看到春光；想着你会加倍地爱我，我们又可以接着过去年那种生活！

我怕是要疯了！在我给你写下这些梦呓的时候，我几乎连笔都拿不住。

无论发生什么，我都非常爱你，阿尔芒。如果没有关于这份爱的回忆和还能见你一面的渺茫希望支撑着我，我可能早就撒手人寰了。

2月4日

G伯爵回来了,他的情妇背叛了他。他非常伤心,因为他很爱她。他来的时候把一切都讲给我听了。这个可怜的小伙子的生意也不太景气,可他仍然给了执达吏一笔钱,遣走了看守。

我跟他提起了你,他向我保证会向你谈谈我的事。在此期间我居然忘了自己曾做过他的情妇,而他也努力想要让我忘了这件事!好一颗善良的心!

公爵昨天派人来打听我的病情,今天他亲自上门来了。我不知道还有什么能支撑这个老人活下去。他在我床边待了三个小时,却没有和我说几句话。当他看到我面无血色的脸,眼里流出两颗大大的泪珠。他大概是想到了女儿的死才哭的。他又要面对她的死了。他佝偻着背,头低垂着,嘴唇松弛,眼里也失去了光彩。衰老和痛苦的双重重担压在他疲惫不堪的躯体上。他一句责怪我的话也没说,甚至可能会有人说他暗地为病魔对我的摧残而幸灾乐祸呢。他似乎为自己还能站着而感到自豪,而我年纪尚轻却已被病痛压垮了。

天气又开始转坏,再也没有人来看我了。朱莉竭力照料我,而普律当丝因为我不能再像以前那样给她钱了,开始以生意为借口渐渐不来了。

无论大夫怎么说,我的死期肯定是不远了,因为我现在有很多个大夫,足以证明我的病情恶化了。我非常后悔听了你父亲的话,早知我只会在你未来的人生中占上一年的时光,我是无法抵挡同你共度这段时间的诱惑的,这样至少在我死的时候还能有一位朋友握着我的手。但假如这一年时间是我们一起度过的,我是不会这么快就死的。

上帝的旨意是不容置疑的!

2月5日

哦!阿尔芒,你快来啊!快到我身边来!我难过得要命。我要死了,我的上帝啊。昨天我感到异常悲伤,我不想留在家里,想去别处度过这一夜,否则它将注定和前一晚一样漫长。早上公爵来了,一看到这个被死神遗忘的老人,我就感觉似乎离死亡又近了一点。

我不顾自己发着高烧,命人替我穿好衣服,驾车把我送到轻喜剧院。朱莉替我化了妆,不然我的脸色会跟死人一样吓人。我走进我们第一次约会的那个包厢,我的眼睛一直没离开你当天坐的位子。昨天那里坐的是一个乡巴佬,每当演员插科打诨,他就发出粗野的笑声。人们把我背回家时,我已是半死不活的状态了。整个晚上我都不停地咳嗽、吐血。今天我已经再也说不出话了,动一下胳臂都很艰难。上帝啊!上帝!我就要死了,我正等着这一天,但我无法想象自己再承受更多的痛苦了,如果……

从这个字开始,玛格丽特勉力写下的几个字已经无法辨认,是朱莉·杜普拉接着写了下去。

2月18日

阿尔芒先生:

自打玛格丽特强打起精神要去看演出那天起,她的病情就持续恶化。她完全失声了，接着四肢也动弹不得了。我们可怜的朋友所受的苦是无法用语言描述出来的，我没有经历过这样的场面，每时每刻都感到害怕。

我多希望您此刻能在我们身边啊！她几乎一直在说胡话，但无论是在谵妄还是在清醒状态下，但凡她能成功地吐出一个字，那必定是您的名字。

大夫告诉我她已经没有多少时间了。自从她病危以来，老公爵就没再来过。

他告诉大夫这种场面让他过于痛苦。

迪韦努瓦夫人的人品实在不佳。这个女人原以为从玛格丽特那儿还能刮出钱来——她几乎是完全靠玛格丽特养着——背了一些她无力偿还的债，但看到邻居已经没有油水供她搜刮的时候，就再也不来看她了。全世界都抛弃了她。G伯爵被债务逼得又上伦敦去了。临走的时候，他又送了一笔款子来，他已经尽心尽力。但查封财产的人又来了，债主就盼着她死，好卖东西抵债。

我本想用自己最后一点积蓄来阻止查封，但执达吏跟我说那是没有用的，他还有别的判决要执行。既然她要死了，何苦为了保下她家人的遗产而付出一切，反正她并不想见到他们，他们也从没爱过她。您想象不到可怜的姑娘是在怎样光鲜的困境中去世的。昨天我们彻底花光了所有的钱。从餐具到首饰再到开司米披肩，什么都被拿去抵押了，剩下的要么被卖掉，要么被查封了。玛格丽特依然能意识到周围发生的事，她的肉体、精神和心灵全在受苦。豆大的泪珠从她的脸颊滑落，如果你看到现在的她，你是认不出这张你曾经深爱的脸的,它已经变得那般消瘦和苍白。她让我保证在她写不动的时候替她给你写信。我是坐在她面前写的,她的眼睛虽然朝着我这边,但她看不到我,因为她的眼睛已经被迫近的死亡所遮蔽。每当她露出微笑,她的全部思绪和整个灵魂都被你所占据,对此我很肯定。

每当有人推开门,她的眼睛就会亮起来,她总认为进来的是你,但当她发现来人并不是你,痛苦的神情便会重新回到她的脸上,额上沁出冷汗,两颊涨成紫红色。

2月19日午夜

可怜的阿尔芒先生,今天是多么凄惨的一天啊!今天早上玛格丽特喘不过气来,大夫给她放了血,她的声音稍微回来了一点。大夫建议她请一位神父,她同意了,他便亲自上圣罗格堂找了一位神父来。

与此同时,玛格丽特把我叫到她床边,让我把衣橱打开,指着一顶便帽和一件镶满了花边的长衬衣,用虚弱的声音对我说:

"我做完忏悔就要死了,所以请你把那些东西给我穿上,这是做寿衣用的。"

然后她流着泪拥抱了我,又说:

"我能说话,但一说就闷得要命,我快憋死了,空气!"

我泪如雨下,我打开窗后一会儿,神父进来了。

我走到他面前。

当他知道了自己来的是什么人的家,看上去担心主人会招待不周。

"放心进来吧，我亲爱的神父。"我对他说。

他没在病人的房间里待多久，他出来时对我说：

"她活着的时候是个罪人，死的时候已经是一个基督徒了。"

过了一会儿，他手里拿着一个基督受难的十字架，由一个唱诗班的孩子陪着，前边还有一个教堂侍役，他边走边摇铃，表示上帝降临到了将死之人的家里。

一行人走进了卧室，这里曾经充斥了那么多污言秽语，此时此刻却已经变成了一个圣洁的神坛。

我跪了下来，我不知道此情此景会在我记忆中停留多久，但我并不认为在我迄今为止的人生中曾有哪一幕像它一样让我印象深刻。

神父将圣油涂在临终之人的手脚和前额上，念了一段简短的经文。如果上帝见证了她在世时经受的考验和谢世时的圣洁，她无疑是配得上进入天堂的。

从那一刻起她再也没说过一句话，没动弹过一下。不知有几回，要不是听到她努力呼吸的声音，我都以为她已经撒手人寰了。

2月20日，下午5点

一切都结束了。

今天凌晨两点左右，玛格丽特进入了弥留状态。从她的呻吟声中判断，从来没有哪个殉难者受过她这样大的痛苦。有两三次她在床上笔直地站起来，仿佛是想把自己那飞向上帝的生命拽回来。

还有那么两三次,她口中念着你的名字,然后一切又重归寂静,她又精疲力竭地倒在床上,眼泪悄悄地从她眼里流了下来,她死了。

我向她走去,在叫了她的名字没有得到回应之后,我为她合上了眼睛并亲吻了她的额头。

可怜的、亲爱的玛格丽特,我要是个圣女就好了,这样的话这个吻就能把你献给上帝。

随后,我照她的遗愿为她穿好行头,到圣罗格堂请了一位神父,我为她点了两根香烛,在教堂里为她祈祷了一个小时。

我把她剩下的一点钱施舍给了穷人。

我不太懂宗教上的事,但我相信仁慈的上帝会认可我的眼泪是发自真心的,我的祈祷是虔诚的,我的布施是诚挚的。他会可怜这个年轻美丽的死者,在她死的时候只有我为她合眼、为她入殓。

2月22日

今天是下葬的日子。教堂来了许多玛格丽特的女友,有几个还流下了真挚的眼泪。在前往蒙马特公墓的送葬队伍中只有两个男人:一个是G伯爵,他是特意从伦敦赶回来的;还有一个是公爵,有两个用人搀着他。

所有这些细节是我在她家饱含热泪为你写下来的。我面前亮着一盏凄凉的台灯,旁边是一份纳尼娜让人给我做的饭,因为我已经超过二十四小时没有吃东西了。但你肯定知道,我是一口也吃不下去的。

我的生命无法长久地保存这些悲伤的记忆，因为我的人生就像玛格丽特的一样不属于我自己。为什么我要在发生这些事情的地方把这些细节写下来给你，因为我担心如果你隔了很久才回来，我没法把这些悲惨经过的全部细节讲给你听。

第二十七章

"你看完了吗?"当我读完全部手稿后阿尔芒问。

"如果我读到的这些事都是真的话,我的朋友,我对你所经历的痛苦感同身受。"

"我父亲在他的一封信中证实了它们的真实性。"

我们又共同缅怀了一会儿可怜的姑娘刚刚画上句号的悲惨命运。然后我回到家稍微休息了一下。

尽管阿尔芒仍旧沉浸在悲伤之中,但在讲完这段往事以后似乎受到了些许安慰,他的身体很快恢复了,我们一起去探望普律当丝和朱莉·杜普拉。

普律当丝新近破产,她向我们声称这是拜玛格丽特所赐。玛格丽特在病中向她借了很多钱,她为此开出了很多自己无力偿还的票据,玛格丽特没有还她钱就死了,也没有给她收据,因此她也算不上债主。

迪韦努瓦夫人到处散播这则荒诞的故事来为自己的困顿开脱,她更趁机从阿尔芒这里讨了一张一千法郎的钞票。虽然他并不相信她的话,但他还是装出相信她的样子,因为他对与他情妇有关的一切都怀着敬意。

然后我们来到朱莉·杜普拉家,听她讲述了她亲眼所见的那些令人悲伤的事情。想到逝友,她流下了真诚的眼泪。

最后我们来到了玛格丽特的墓地,第一批绿植已经在4月的第一缕阳光照射下发芽。

阿尔芒还剩下最后一件必须完成的事,那就是回到他父亲身边,他还是希望我能陪他一起回去。

我们抵达C城后,我见到了杜瓦尔先生。他与阿尔芒向我描述的形象别无二致:高大、威严、和蔼可亲。

他用幸福的泪水迎接阿尔芒,又亲切地同我握手。我很快意识到在这个税务员身上,父爱是高于其他一切感情的。

他的女儿名叫布朗什,她明亮的双眸所透出的目光是那么清澈,安详的嘴表明她灵魂只容得下圣洁的思想,口中吐出的只有虔诚的话语。这位纯洁的少女因兄长的归来而面露微笑,殊不知在离她很远的地方,有一位妓女只不过为了她的家名就牺牲了自己的幸福。

我在这个幸福的家庭里盘桓了数日,有一个人带回了一颗亟待治愈的心灵,全家都在为了他而忙碌着。

我回到巴黎,将这个故事按我听到的样子原原本本地写了下来。这个故事只有一个可取之处,那就是它是真实的,但可能有人会提出质疑。

我并不会从这篇故事中得出这样一个结论:所有和玛格丽特有着相同处境的姑娘都能像她一样行事,现实远非如此。但我至少在她们之中认识了这样一位女子,她在生命中曾认真地爱过,她为这份爱受尽折磨,直至献出了生命。我已把我所了解到的事实都告诉了读者,这是我的责任。

我并不是要捍卫秽行,但无论我在何处听到有高贵的受苦者在祈祷,我都要为其大声疾呼。

我再重复一遍,玛格丽特的经历是一个孤例,但假如它真具有普遍性,那似乎也不必费事把它写出来了。